文
景

——————

Horizon

社 科 新 知　 文 艺 新 潮

剑桥的星空

王安忆

/

著

上海人民出版社

王安忆

作家，上海市作家协会主席，复旦大学教授。

著有《69届初中生》《纪实与虚构》《长恨歌》《桃之夭夭》《遍地
枭雄》《启蒙时代》《天香》《匿名》《考工记》《一把刀，千个字》
等十余部长篇小说，以及中短篇小说、散文、论著、剧作等数百
万字的作品。

曾获全国优秀短篇小说奖、全国优秀中篇小说奖、茅盾文学奖、
鲁迅文学奖等。

目　录

开卷前的话

《剑桥的星空》香港牛津大学出版社版序

书中所收集的四篇文章，要说是书评不是很像，因为并没有发表对书的特别见解和批评，更是从书谈开去了。说谈开又不是谈得很开，只不过从这本书谈到那本书，从那本书又谈到第三本。这种徜徉多少能反映出我的生活状态，那就是从书本到书本。是一个职业写作者的困境，同时呢，也算得上福分。

文字在某种程度上掩护了我们的经验，不使我们从生活中直接受伤，代价是我们只能获取第二手的材料。但是在另一个方面，它们其实又具有一种内窥镜样的功能，它们总是引我们透过表面直至深处，那里有着更为本质的存在，于是也就更为尖锐而无法和解。如此一来，我们又不得不回到具体性里寻求安全，其时，被隔离了的生活就显现出了优渥，它以现实的普遍价值接纳了从文字中逃亡出来的人，使之避免坠落于虚无。读书的人就是这么一种两栖动物，时而用肺呼吸，时而用鳃呼吸；时而在稳定的陆地，时而又到流动的水中。每一次互往且不是机械地重复，而是细微地改变着轨迹，好像无形中有一个气旋，或者说是推进器，嵌着肉眼看不见的刻丝，所以就回不到原来的位置，进入不到原来的空间。文字的遮蔽一层一层叠加，生活也因此从第二手变成第三手、第四手；其间或有一种背反的原理，文字的内窥镜功能一层一层进深，生活则从第二手还原为第一手，甚至负一、负二。实有与虚无的距离永远不会改变，但却是共存而且并进，形成相斥相吸的磁场。

像我们这样存活在文字里，都有着一种分裂的人格，我们不同程度地惧怕生活，唯恐避之不及；但另有一种勇敢，明知不可为而为，似乎有自虐的倾向，专找那些绕不出去的危难，和自己作对。山西女作家蒋韵在一篇名叫《盆地》的小说中，写一个年轻的知识女性与她的工人师傅的一段感情故事，那位没怎么读过书但饱尝人生体验的男子，对他的女徒弟做出一个评价，他说，你们这些人吃不了苦，却受得了罪！这句话真是太精辟了，它一语中的，给读书人画了像：既软弱，又坚强；思想的巨人，行为的矮子！这种人格，特别不适宜生存在艰困动荡、"放不下一张书桌"的时日，这些"低能儿"倘要被逐出书房，逼进现实，身体受着考验，精神则悬置起来，无所归依，实在是凄惨的事。

　　有一日，一名快递员送包裹来。外面下着雨，他一身的水，站在门口等我查收和签字。他望着房间角落里的我的书桌，因为阴霾的缘故，大白天也开了一盏台灯，灯光洞开了一个小天地，他忽然说道：真好，真羡慕你，能够学习！接过收据，他复又湿淋淋地离去了。由于他的话，再看自己的书桌，就看到了一个平安世道，不禁觉得幸福起来。而且，他方才用了一个"学习"的词，不是"读书"，也不是"写作"，是"学习"。认真生活的劳动者，就有足够丰富的经验，能够准确地表达事物的外相，勿论这件事物的表面是如何静止着，只在内部活动，他们依然一目了然。这里就有些相反相成的意思，一方是将复杂的事情简单化，一方则将简单的事情复杂化；一方将无形化有形，一方将有形化无形。

在此，我又说开去了，事实上，在这本书里，我并没有涉及如何深奥的道理，一个小说写作者，也不可能领略多少玄思的乐趣，我们终还是世俗中人，对生活的表象有执念。因此，我们所寄身的文字大约也是文字的表象，与生活的距离不那么远，之间的往互进出也是浅显的，深入不到哲学里去，多是始于常性，止于常理，只是文字将这常情变成了形而上。小说写作者就是这么一种半蚕半蛹的异类，蜕化到中途，退一步无果，进一步呢，变成蛾子，飞出去，没了，也是无果。

写作《天香》的将近两年时间里，我一边写，一边看书。写长篇其实并不像外人以为的那般艰险和辛劳，需要的只是耐心，耐心之下则可匀速前进，使之成为生活的常态。相比写短小篇幅的急促，反倒有更多的闲暇与闲心，闲读一些书，不期然间得一些闲思。写毕《天香》，放自己一年假，不沾小说，只写闲章，就有了这几篇。多年前，在香港，北岛介绍认识林道群，他的书多由道群先生策划编辑，不论内文还是外装，都让我喜欢和羡慕，还不只是这些，怎么说呢？那日在餐桌上，听他们俩谈话，其中有一句是这样，道群说，某一类写作当适可而止，意思是再写就稀薄了。一个编辑劝作者不是多写，而是少写，更像出于文友的挚心，就知道对文学持了谨严的态度。即刻在心里想，什么时候也要在香港牛津大学出版社出一本书，现在，这时候到了。

王安忆

2012 年 3 月 31 日　上海

剑桥的星空

一

美国科学新闻记者黛布拉·布鲁姆所著《猎魂者》，在第二章《勇者无畏故不信》末尾写道："1871年12月的一个夜晚，迈尔斯和西季维克走在剑桥校园里，天气十分寒冷，空气很清新，却也如冰水般刺骨。头顶上，星星密布，无数小小的银色闪点看来如此遥远，如此不可触及。"

迈尔斯和西季维克是谁？

西季维克全名为亨利·西季维克，1838年出生于牧师之家，在这个家族中，供奉神职被视作正途，至最高位的是他的一位表兄，爱德华·怀特·本森，后来担任坎特伯雷大主教，要知道坎特伯雷是英格兰大教区，其主教为全英格兰的首主教，公认的高级主教。在上文所记述的那个夜晚，西季维克任教剑桥大学三一学院古典文学系，正致力写作《伦理学法则》。费雷德里克·迈尔斯则是西季维克的学生，出生于1843年，同样是在牧师之家，是个神童，五岁写下布道文，十七岁进剑桥大学。这一对年龄仅相差五岁的师生将在1882年，再加上一位埃德蒙·盖尼先生，组建"英国灵魂与精神研究学会"。埃德蒙·盖尼于1847年出生在英格兰上流社会，多少是将学习当作高贵的消遣，于是选择进剑桥攻读法律和哲学。

"英国灵魂与精神研究学会"第一届主席为西季维克；迈尔斯和盖尼负责研究灵异幻象；威廉·巴雷特主导"意念传递研究分会"；诺拉·西季维克——顾名思义，她是西季维克的妻子，具有数学天赋，身为统计学家，被任命负责调查鬼魂。在此人事安排中，还需要对威廉·巴雷特说几句。威廉·巴雷特，生于1844年，都柏林皇家科学学院的教授，研究项目为铁合金的电磁性，曾经在1874年英国科学会主席约翰·廷德尔的实验室工作，可想而知，巴雷特进入灵学界激起了导师何等的愤怒，约翰·廷德尔的愤怒代表着整个正统科学界的反应。

那是一个科学昌明的时代，标志性的事件大约可说是

1859 年，查尔斯·达尔文发表《物种起源》，挑战了上帝创造世界的神话，引起科学与宗教的大论争，其中最著名的一场舌战发生在 1860 年，英国博物学家赫胥黎与牛津地区大主教之间。与此同时，法国化学家路易斯·巴斯德创立了现代微生物学，发明巴氏杀菌法；瑞典化学家阿尔弗雷德·贝恩哈德·诺贝尔发明炸药；美国发明家托马斯·阿尔瓦·爱迪生发明电灯……一项项新发现证明着世界的物质性，犹如水落石出，隐在未明中的存在显现实体，那全是可触摸、可感受而且可解释的，人类的认知大大地进步了，称得上是启蒙。然而，另一种怀疑悄然降临，那就是当一切存在全被证实来自物理法则，人们是更幸福了还是不够幸福？由于西季维克出身的宗教背景，他天然倾向于相信存在着更高的意志，使人心生敬畏，从而能够约束行为，这便是道德的缘由吧。他追崇并承继的先师康德，描绘引发敬畏之心的说法是："头顶满天星斗，及其内含的道德法则。"在亲手组建的"英国灵魂与精神研究学会"里，西季维克负责的始终是务虚的部分，也就是理论建设，这可见出他对"研究学会"寄予的希望，希望能够提供给他材料，证明在实有的同时，还有一个无形的空间。在唯物主义的大时代里，勿管信不信的，人们全都服从一条原则，就是耳听为虚，眼见为实，倘若承认乌有之乡，那就是倒退。

再来看看"研究学会"组建之开初，主创者几乎平分为两部分人：一是具有宗教背景的人文学家，比如西季维克、迈尔斯；二是科学家，比如巴雷特、诺拉，还有诺拉的姐夫、著名物理学家瑞利勋爵，化学家威廉·克鲁克斯，达尔文进化论合作者、自然主义者阿尔弗雷德·罗素·华莱士，等等。颇有意味的是，有一大帮作家跟进，比如文学史上赫赫有名的英国桂冠诗人阿尔弗雷德·丁尼生；艺术评论家约翰·罗斯金，他在1853年到1859年关于绘画、建筑、设计的演讲，以《艺术十讲》为书名，于2008年在中国人民大学出版社出版发行；《爱丽斯漫游奇境》的作者查尔斯·道奇森；美国作家马克·吐温；弗吉尼亚·伍尔夫的父亲莱斯利·史蒂芬——《英国传记大辞典》编辑之一。等下一个世纪开始，将会以这个大家庭为中心而辐射形成著名的布鲁姆斯伯里集团……我想，这三种人群其实代表着三种不同的愿望：科学家追求真相；哲学家企图在实证世界内再建设一套精神体系，以抵制道德虚无主义；文学家总是相信他们愿意相信的事物，他们本来就生活在虚拟中，灵学研究的对象，在某种意义上，与想象力不谋而合。

"英国灵魂与精神研究学会"成立之后半年的光景，1882年深秋，一个美国人来到伦敦，他就是哈佛大学威廉·詹姆斯教授。威廉·詹姆斯医学出身，然后专攻心理学，几乎是与英国剑桥那拨灵学研究者同时，他也开始对超自然现象产生兴趣。从《猎魂者》的描写来看，詹姆斯的家庭令人想到英国作家奥斯卡·王尔德的小说《坎特维尔鬼魂》。新任的美国公使来到英国，住进历史悠久的坎特维尔庄园，和许多老宅子一样，庄园里阴气森森，出没着一个冤鬼。始料未及的是，鬼魂留下的血迹，被这家的儿子用"平克顿"牌去污剂擦拭一净；受鬼魂惊吓随时要昏厥的老管家太太，公使以索赔的法律手段治好了她的神经衰弱症，就是说，倘若她不能为东家尽职服务，就只好认作单方面违约而付出代价；对于每每在夜间响起的锁链镣铐声，来自新大陆的房客赠送了一瓶"旭日"牌润滑油；至于时不时的凄厉惨笑，则轮到公使夫人出马了，她开出的是一服肠胃药，专对付消化不良引起的打嗝……总之，这古老鬼魂的所有伎俩都在美国人新派的物质主义跟前失效。

老詹姆斯就是一个富有的持无神论观念的美国人，纠缠他不放的不是坎特维尔庄园里那个老衰鬼，而是生于1688年，死于1772年的瑞典人史威登堡。这位北欧金属技师，做过艾萨克·牛顿和埃德蒙·哈雷的学生，前者发现著名的牛顿定律，后者的名字则用来命名一颗彗星。正当人生飞黄腾达的时候，史威登堡放弃科学事业，走入虚妄的类似邪教的信仰世界。他声称要重新诠释《圣经》，自称上帝委以先知的使命。然而，老詹姆斯远不如那个美国公使幸运，能够轻松将鬼魅搞定，少年时遭遇一场不测而导致终身残疾，尽管只是出自鲁莽的淘气，却让他体味到命运的无常，史威登堡大约就是在这个背景下引入生活，具体表现为"不可预知性"的人生观念，它使詹姆斯一家都处在动荡不安的情绪里。这种粗糙简单的结论到了威廉·詹姆斯，经过科学和人文教育的陶冶提炼，深刻为一种世界观。这世界观就是史威登堡的对应理论，用《猎魂者》里的话说——"在这个世上的物质生活和灵魂世界之间存在切实关联，有不可见的线索将两个世界的居住者们扣在一起。"

当威廉·詹姆斯来到英国，住在弟弟亨利·詹姆斯的公寓里——亨利·詹姆斯作为一个作家的事业，正在崛起之时，可谓蒸蒸日上，以后的日子里，他将会写作一本小说，名叫《螺丝在拧紧》。在现实主义文学史观里，它被纳入18世纪后期的哥特小说流派，而到了现代的文学分类里，它不折不扣就是一本灵异小说，或者说惊悚小说。但是，倘若了解亨利与威廉这对詹姆斯兄弟的亲缘关系，继而再了解威廉·詹姆斯的思想探索，以及当时英美科学界所发生的这场边缘性质的革命性研究，才会明白《螺丝在拧紧》真正意味着什么。亨利·詹姆斯有个英国朋友，正是埃德蒙·盖尼，"英国灵魂与精神研究学会"组建者之一，专门负责灵异现象的领域，亨利自然会介绍其认识哥哥威廉。这一邂逅，不仅使两人彼此找到知音，还将英国和美国两地的灵魂研究从此联络起来。三年以后的1885年，"美国灵魂与精神研究学会"成立，与英国研究学会的建制同样，亦是由正统科学家领衔担任会长，那就是天文学家西蒙·纽科姆，是为强调主流科学精神，表明将以实证的方法进行研究。然而，这个想法很快就被证明是过于天真了。西蒙·纽科姆的专业方向是分析测量计算太阳、月球、行星的运动，还有光速和岁差常数，是以精确为要义，而灵魂和精神研究最大的疑问在于采证，一切都是在无形中进行，假定与想象是推论的主要方式。我觉得，细看英国和美国两个研究学会的成员组合，大约也可见出这两个国家的不同性格。相对英国学会的人员成分，美国学会中有科学家和哲学家两部分是没错了，但至少从《猎魂者》书中记载，没看见如英国学会那样，拥有一个文学群体。看起来，美国要比英国更加纯科学，多少有些一根筋，新大陆的人民显然思想单纯。而古老的不列颠则比较浪漫，于是更有弹性，能够变通，在灵魂研究来说，余地就大得多。就好比王尔德《坎特维尔鬼魂》中描写的，美国人远比英国人不信邪，这也预示着，美国学会的工作比英国学会将要经历更多的挫折。

二

已经说过，灵魂研究的采证是最大的问题，它很可能取消整个学说的安身立命。关于那些超自然现象的传闻实在是太多了，除去本书中所列举的那些，在其他作家笔下，也有过记录和描写。捷克诗人雅罗斯拉夫·赛弗尔特的回忆录《世界美如斯》，有一章名叫《积雪下的钥匙》，写"二战"之前，诗人居住在布拉格，住宅的院子由一扇临街大木门锁着，古老的门锁钥匙很巨大，几乎有一公斤重，携带十分不便，所以他们常常将它藏在门底下的沟槽里，探进手就摸得到。可是，在一个雪夜里，松软的积雪填满了沟槽，将钥匙深埋起来。诗人，当时还是一位年轻的编辑，不得已只能拉响门铃。过了几分钟，照例是，睡眠最轻的房屋管理员，一位老奶奶，穿过院子来开门，也是照惯例抱怨和数落了一番。他进了屋，将遭遇告诉妻子，妻子却大骇道，老奶奶已在当晚去世，就停灵在小客厅里。你要说当事人是诗人，诗人总是有着丰富的想象力，难免会混淆虚实，亦真亦幻。比如，《猎魂者》中特别提到的马克·吐温的一个梦境。他在成为作家马克·吐温之前，是水手塞缪尔·克莱门斯，和他的弟弟亨瑞·克莱门斯一同在密西西比河上的蒸汽轮船接受培训。有一晚，塞缪尔做了一个可怕的梦，梦见弟弟亨瑞躺在棺材里，胸膛上盖满鲜花。这个梦境在三天之后变成现实，轮船锅炉爆炸，亨瑞去世了，入殓的情景与梦中一模一样。这个事故后来被作家写进他的长篇《密西西比河上》，第二十章中的一节，题名《一场祸事》。马克·吐温以现实主义的笔法描写了那场可怕的灾难，八个锅炉爆炸了四个，一百五十人死亡。当时兄弟俩在密西西比河上分手，弟弟在宾夕法尼亚轮，哥哥则在晚两天启程的拉赛轮。一路上不断从《孟菲斯报》号外得到消息，一会儿说他的小兄弟幸免，一会儿又说受伤，这一次没说错，事实上，是致命的重伤，他被安放在孟菲斯的公众大会堂挨着弥留的时光，"第六天晚上，他那恍恍惚惚的心灵忙着想一些遥远的事情，他那软弱无力的手指乱抓他的被单"。假如认为作家的经验不能全当真，那么科学家呢？我亲耳听一位早年留学剑桥、师从诺贝尔物理学奖获得者、专事基因研究的中国科学院院士描述所亲历的一件往事。那还是在他幼年的时候，因母亲重病，他被送到相隔数条马路的外祖父母家中生活，一日下午，他与邻居小伙伴在弄堂里打玻璃球玩。下午的弄堂十分寂静，忽然间，却觉有人，一个男人，伏在他身边说道："你怎么还在淘气，你妈妈不行了！"抬头一看，并无他人，起身飞奔回家，外祖父正接起电话，母亲那里报信来了。一个科学工作者，一生以实证为依据，他的讲述应当要比艺术者更为可信。

对神秘的事物好奇是普遍的人性，每个小孩子都曾经在夜晚，浑身战栗着听过老祖母的鬼故事，如何分辨哪些是真实发生，哪些又是臆想？为了听故事的快感，宁愿相信是真的，可一旦要追究，却又都落了空，发誓赌咒，究竟也无奈何举不出一点凭据，最后只得任其遁入虚妄。而猎魂者们就是要从虚妄中攫取实体，听起来颇为荒谬，极可能劳而无功，但是，假如将其视作对人类智慧的挑战，就不能不承认勇气可嘉。

倘若说，这一代灵学研究者确实给我们留下了一些接近于实证的材料，那么有两个人物是关键性的。一是剑桥圣约翰学院学生、澳大利亚人理查德·霍奇森；二是波士顿一名小业主的妻子利奥诺拉·伊芙琳娜·派普夫人。前者是灵学研究者，后者是灵媒。我相信有关他们的记录一定收藏在某个重要的专业机构里，将会在某一个重要的时刻被展示，而当下他们在这本非虚构类的大众阅读书籍中的出场，多少染上文学的色彩。理查德·霍奇森出生于墨尔本一个商人家庭，先在墨尔本大学修法律学士学位，终因提不起兴趣转向哲学，成为西季维克的学生。他天性崇尚自然和诗歌，或许是这两条，使得西季维克下定决心要引他加盟灵学研究。灵学研究带有空想的成分，或者说是浪漫主义的性格，在严谨的科学者看来，不免是离谱了。但从另一方面来说，它又是向认识领域的纵深处开发，存在的物质性挡住了去路。科学锲而不舍、再接再厉，将一切现象全解释与证明为实有，世界成为铜墙铁壁，而你分明感觉到另有一个无形的疆域，忽隐忽灭，闪烁不定。

对于这虚妄的存在，中国人的态度要比西方人灵活得多，我们更承认现实，甘于将它置放在它该在的地方。当进行抽象认知的时候，绝不会错过它，哲学里有老庄，文学里有志异；但轮到现实秩序的时候，则是"子不语怪力乱神"，这一切又凭借中国民间社会普遍的诗意性和谐地共存于一体。也因此，那一个灵异的所在，于中国人留下的多是抒情的篇章。我很欣赏明代徐渭的一则笔记，《记梦》，写梦中来到青山幽谷之间，见一道观，欲走入，却遭观主婉拒，说这不是你的家，然后又取出一本簿子，翻开检索一番，说：你的名字并不是"渭"，而是"哂"。《红楼梦》的太虚幻境，更是一个大境界。《牡丹亭》的生死两界，则更加自由随意，带有瓦肆勾栏的佻佻韵致。而在西方二元论的思想体系，却此是此，彼是彼，非此即彼，定要搞个一清二白。即便是产生于近代的电影工业，其中的惊悚片，人鬼两界也是划分严格，不像中国的鬼故事，界限相当模糊，只需要一两点条件，便可互通往来。

我想，理查德·霍奇森最后被老师西季维克说动，参加"英国灵魂与精神研究学会"，不只是出于诗人爱好幻想的浪漫天性，更可能是与生俱来的唯物精神，要将未知变成已知。理查德·霍奇森接受西季维克的委派，着手调查计划，第一步就是到印度孟买。印度是一个奇异的地方，似乎天然与灵魂有涉，它对存在的观念比中国人更要广阔与宽泛。在他们的世界里，有形无形，是没有边界的，任何的发生，哪怕只是一个闪念，都是事实。所以，霍奇森去往印度就像是履行一个仪式，象征着他从此踏上一条不归路，虽然这一次出行本身并没有什么收获。霍奇森去孟买专为会见一位灵媒，布拉瓦斯基夫人，俄罗斯人，曾在西藏居住，据称与喜马拉雅山的神有心灵沟通。听起来，她真是采灵异之气场集大成，对于急切需要信仰的教众，这已经足够有说服力了，但到了霍奇森这里，就没那么容易过关。结论很快出来了："彻头彻尾就是场骗局！"

在这之前几十年里，就不断有灵媒问世：纽约州海德丝村的福克斯姐妹，从爱丁堡移民到美国纽约的修姆，能用意念摆布家具物件的水牛城达文波特兄弟——为测试他们的超自然能力，哈佛大学调查团将他们捆得结结实实，关在封闭的密室中，观察动静如何产生。这让人想到魔术师哈里·霍迪尼从锁链中脱逃。这一幕魔术十分悚然，似乎暗示着幕后有着残酷的真相，比如脱臼之类的身体摧残。就在本书中，写到达文波特兄弟中的一位，曾经向魔术师哈里·霍迪尼坦白所谓"特异功能"里的机关，而霍迪尼推出从手铐中脱逃的表演，是在之后的1898年，两者间的关系就很难说了。总而言之，这些灵媒的命运大体差不多，先是被灵学研究者检验，检验的结果多是无果。我以为一方面因为他们自己无法掌控异能的显现，免不了就要弄虚作假，自毁信誉；另一方面也是无论真假，研究者都不知道下一步该把他们怎么办，又如何将研究进行下去，只能放任他们于江湖。其中有能耐如布拉瓦斯基夫人，建立起一套理论和组织系统，成为职业灵媒，而更普遍的下场是在杂耍班子里挣钱糊口。与此同时，降神会大量涌现，几乎成为社会时尚，降神会的副产品就是魔术，从中收获形式和内容的灵感，多出许多玩意儿。先前提到的达尔文进化论合作者华莱士，1875年在府上举行降神会，转瞬间客厅里鲜花怒放，我们知道，一直到今天，许多魔术是以百花盛开做一个繁荣的谢幕。上足当的霍奇森联手魔术师戴维，举行降神会，然后揭露实情，是企图用排除法来正本清源，以筛选出可靠的证据。而他内心已不再相信，其实他从来不曾真正相信过，会有非物质灵魂这东西的存在，参加调查研究，多半是看导师西季维克的面子。倘若不是遇到一个人，他也许终身都将坚持唯物论的世界观，这个人就是派普夫人。

1885这一年，关于灵学研究的事情有："美国灵魂与精神研究学会"成立；霍奇森与布拉瓦斯基夫人在孟买纠缠；"英国灵魂与精神研究学会"出现内讧，争端起源于灵派信徒和科学者之间，因此可以见出灵学研究实是走在刀刃上，稍不留意便滑到邪教门里去了。这一年，派普夫人二十六岁，她的通灵禀赋只在亲朋好友中间流传，当然，没有不透风的墙，有时候，人托人的，也会接待陌生人。这一日，来请求招魂的客人是威廉·詹姆斯的岳母，就这样，一位隐于坊间的灵媒与灵学研究接上了关系，由此和务实肯干的理查德·霍奇森结下了称得上"永恒"意义的友谊。

直到两年之后的1887年，霍奇森受老师西季维克派遣，去到波士顿，帮助式微的"美国灵魂与精神研究学会"重整旗鼓，工作之一就是见派普夫人。他是本着打假的意图，打假并非颠覆灵学研究，而是为剔除伪灵学扫清道路，使灵学健康发展。《猎魂者》将霍奇森与派普夫人交手写得又紧张又谐谑，非常戏剧性。通常灵媒都有一位导灵，如同中国民间社会里的神婆，也有地方称关亡婆，一旦入化境，就摇身一变，音容举止全成另一人。但在关亡婆，变成什么人都是随机的，也就是说，变成请灵者求见的那一位故人，然后与之对答，在英美灵媒，却是由专人承担这一角色。书中写道："派普夫人的'导灵'自称为法国人，名为菲纽特博士，生于 1790 年，卒于 1860 年。"派普夫人被菲纽特博士附上身后，立刻"从纤弱淑女变成粗鲁男人"。灵魂研究者大约费了不少功夫，去查证这位菲纽特博士究竟何方人士，结果一无所获。

初次接触，霍奇森被这个来历不明的家伙弄烦了，直指他就是个"假货"，菲纽特也火了，宣布再不和"这个男人"说话。但似乎双方都咽不下这口气，决定再来一个回合，所以，霍奇森又一次来到派普夫人府上，而菲纽特显然也是有备而来，他带来霍奇森已故表弟的口信。这一回，霍奇森从头到尾默默地坐在椅子上，显然受了震动。可是，这还不够折服他，霍奇森并不就此罢休。他使出侦探破案的手段，对派普夫人严密监视，包括跟踪、检查来往信件、搜索社会关系。一个月的辛苦工作过去，事实证明了派普夫人的清白，却也激怒了派普夫人，她深感受到侮辱。与那些出身底层的灵媒不同——灵媒们往往是在市井社会，生活贫贱，意识混沌，境遇又使得他们言行举止鄙俗粗陋，信誉度很低。而派普夫人却是中产阶级，受过教育，具备良好的修养。事情就这么一波三折，也应了中国人一句老话：不打不相识。最终，他们还是结成一对合作伙伴。在派普夫人，她也很期待有人来帮助她解开这个谜，那就是她为什么会有这种古怪的禀赋。可以想象，这种禀赋并不是十分令人愉悦的，窥见那么多陌生人的私密，不仅惊惧，还很忧伤。

无论之前还是之后，灵学研究都曾经和将要遭遇形形色色的灵媒，可是没有一个具有派普夫人如此高超而且稳定的通灵能力，从某种方面说，也许正是派普夫人的教养帮助了这种特异功能的持久。她沉静，文雅，理性，实事求是，一点不神经质，而灵媒们免不了都是神经兮兮的。在对灵幻现象进行普查，几乎必定会遭受挫败的过程中，因为派普夫人的存在，研究者鼓舞起沮丧的心情。无论有多少骗局，将通往幽冥的道路阻隔,可是,派普夫人让人相信,终还有一条通道,传来那渺渺世界的信息,游丝般的,一触即灭,若明若暗,若即若离,维系着和我们的联络。

三

灵魂与精神研究,在科学与伦理的动机之外,有没有其他的需要呢?不知事实如此,还是出于本书写作者个人的观念,我们从《猎魂者》中,还看见这项研究事业更被一种私人化的情感经验推动着,那就是亲人亡故的伤痛。近在身畔的人忽然间不在了,令人难以接受。他们究竟去了哪里?科学祛魅固然不错,可是,彻底的唯物主义者其实面临更大的虚无。就好比霍奇森在派普夫人的导灵菲纽特博士口中得到了故人的消息,应该是会感到一些慰藉吧。这慰藉表明降神会也罢,通灵术也罢,并非完全无聊,除去满足庸人的猎奇心,一定程度上还是有着感情的需要。那一个无数生命去往的彼岸,究竟是一个什么样的空间?又与此岸保持如何的关系?是存在的一个巨大黑洞。倘若能有丝毫,哪怕丝毫的信息传来,就可让这边所谓"活着"的人——不是吗？倘若"死亡"不再是原有的概念，"活着"就不一定是活着——所谓"活着"的人大约就可对"死亡"抱有比较乐观的态度。尤其是当宗教不再能够维系生死之间的连贯性，神学被实证科学揭开了神秘面纱，科学能不能继续前行，突破壁垒，打开另一个通道，让人遥望彼岸呢？

前面说起过的埃德蒙·盖尼，"英国灵魂与精神研究学会"创建者之一，与费雷德里克·迈尔斯一同负责"灵异幻象"的那一位富家子弟，1873年，他的三个姐妹在尼罗河游船，发生意外溺水而亡，书中这么描写他的茫然："关于生命之有限，科学家们给出了精确无比的定论，但他不知道他们是否弄错了。"

1876年，费雷德里克·迈尔斯深爱的安妮·马歇尔沉湖自杀。她本是迈尔斯的表嫂，当表兄罹患精神疾病被送入医院，迈尔斯一边为表兄寻医求药，一边安抚表嫂，他的努力付出没有奏效，却坠入情网，深陷其中，不能自拔。之后的岁月里，他恋爱结婚，生儿育女，但从来不曾忘记安妮。为了与冥界的安妮联络，他见过无数灵媒，结果总归是真假难辨，有失望有鼓舞，直到将临 20 世纪之际，他遇到一位新灵媒，英国的汤普森太太，她给迈尔斯带来了一个幽灵，"简直明亮得像上帝"。与汤普森太太的导灵"小耐丽"的谈话，迈尔斯没有纳入调查的记录，这是属于他个人的隐私，他独自占有了。但他公布说，汤普森太太给了他一份预言，那就是 20 世纪过后，他将与安妮聚首。

1885 年，威廉·詹姆斯的小儿子小赫姆，一岁半，感染了母亲的猩红热与百日咳，夭折了。前面说到威廉·詹姆斯的岳母去见派普夫人，就是为了这个可怜的小外孙。对这转瞬即逝的至亲骨肉，威廉·詹姆斯无以寄托哀恸，他给亲友的信中写道："他应该还有一次机会可以活得更好，肯定就是现在了。"其实是以来世的想象来说服自己，接受伤心的现实。在此，这位哈佛大学的哲学教授与中国民间的生死观简直不谋而合。对于早逝的孩子，人们通常会这样劝解自己和他人，那就是：他是来骗骗你的啊！意思是别当真了。《红楼梦》高鹗的续书中，最后一回里贾宝玉科考后弃家而去，父亲贾政说道："岂知宝玉是下凡历劫的，竟哄了老太太十九年！"高鹗的续书不可与曹雪芹同日而语，粗糙许多，处处可见村俚乡俗，这话想也是从坊间得来。在中国知识阶层，没有严格意义的宗教，而古老偏远的乡村社会自会生出慰藉精神的法则，难免是鄙陋的，基本路数却与宗教接近，承认灵魂与肉体的相对关系。威廉·詹姆斯的思想追索，在很多处与中国人殊途同归，他毕十二年时间精力完成的《心理学原理》，依《猎魂者》所介绍："他甚而进一步提出更具风险性的假设，提出人际关系组合的另一种可能性，即超出人眼可看到的物质现实局限而形成的另一种人际关系。"这就极近似于"缘"的说法了。

1888 年，埃德蒙·盖尼前往调查一幢著名的"鬼屋"，在酒店客房里猝死。死因迷离，有一种猜测，是过量服用帮助睡眠的氯仿。他的妻子答谢朋友们的吊唁，信上写道："他现在会比生前更快乐……我觉得，要是我从未听说过'灵魂不朽'的说法，现在我也会相信他并未消失……"话语中很微妙地表示了讥诮，还透露出他们并不是一对亲密的夫妇。盖尼心思不在俗世的生活，他就好像是他著作的名字——"生者的幻影"。现在，他终于到了朝思暮想的冥界，会不会传来一些消息呢？他可说是一位先驱者，在他之后，还会有同道者继往开来，那将是《猎魂者》中最激动人心的章节。

1892 年，威廉·詹姆斯的考验又一次来临，他的小妹妹爱丽丝患癌症去世。辞世前，爱丽丝对灵魂学说表现出极大的反感，她对威廉哥哥说："我希望，那个讨人厌的派普夫人别口不择言地拿我不设防的灵魂说事。"要等灵学来克服死亡恐惧还远着呢！

同一年里，理查德·霍奇森的好朋友，哲学系学生乔治·佩鲁，在纽约中央公园坠马身亡，年仅三十二岁。生前，他与霍奇森争论有无灵界存在，说道，倘若真有那个世界，而他又早一步离开人世，他一定会现身，来为灵学研究作证。只有年轻人才会百无禁忌，口无遮拦，说出这种不吉利的玩笑，因没有领教过命运的不测。而这一回，正巧或者正不巧，一语成谶。

距离乔治·佩鲁去世五个星期，派普夫人徘徊于灵肉之间的呓语中，忽然出现一个新的声音，道出"乔治·佩鲁"这名字。就是从此刻开始，导灵菲纽特博士销声匿迹，取而代之以 G.P. —— 霍奇森为这个新人格起的名字，用乔治·佩鲁姓名的首字母 —— G.P. 希望用自动书写来沟通，于是，派普夫人手中的铅笔便在纸上移动起来。霍奇森最大限度地调动人事资源，甄别检验 G.P. 是否真的是乔治·佩鲁的灵魂，比如请来他的亲友与他对话，也夹杂着陌生人，类似警局请目击证人认人。一些极其私密的细节从派普夫人的铅笔尖流淌出来，举座皆惊，没错，就是他！测试引起的狂乱平息下来，G.P. 进入宁静的交谈。我并不介意《猎魂者》记叙所根据材料的客观程度，我只是为它所描述的景象动容，即便是在一个多方合作的虚拟之下所产生——当通灵会已经制造如许繁复的骗局，又有如许不可思议的魔术诞生，还有什么是人力不逮的呢？那生者与死者的遥相远望依然透露出无限的哀伤与欣悦，对话是这样的——

G.P. 通过派普夫人的书写说道："一开始我什么都分辨不清。黎明前最黑暗的时刻，你知道的，吉姆。"在座的名叫吉姆的朋友问："你发现自己还活着，难道不惊异吗？" G.P. 说："惊异极了。这大大超出了能够解释得通的能力。现在，我已经完全弄明白了，好比在太阳底下看清一切。"

从冥界终于传来合作的声音，要与这物质世界联起手，建立起实证与信仰之间的桥梁。当 20 世纪即将来临的时候，那一个英国灵媒汤普森太太，她的导灵，多年前失踪的女儿，小姑娘耐丽，曾经预言新世纪的拂晓过后，迈尔斯会与安妮重逢。这一句灵媒之言可视为隐喻，那就是跨入20世纪之后，事情会发生本质性的转变。被预言跨过冥河去往灵界的迈尔斯举步之前，1900年8月28日，西季维克先行一步，去世了。第二年，1901年1月17日，迈尔斯死于肺炎引起的窒息，留下一份残稿，题目为《人类性格与其肉体死亡后的存活》，由霍奇森接手，但是看起来，更像是迈尔斯以自身的实践来完成这部论述。埃德蒙·盖尼早在1888年6月23日亡故。至此，灵异研究的排头兵全部故去，又好像是一次集合，集合起来探涉那个未知的世界。这边的人等待他们传递来消息。有了G.P.的来临，这份期望不再是荒诞不经，异想天开了。

然而事情却似乎走向了下坡路，1905年早春，派普夫人的丈夫去世，由于伤心还是另有说不明的原因，比如磁场改变，派普夫人的通灵能力下降了。G.P.甚至预言派普夫人客厅里温馨的聚会时日不长了，就好比中国人的古话，千里长席没有不散的时候。然后，这年的深秋，有一晚，理查德·霍奇森望着满天寒星，说道："有时候，我都等不及想到那边去。"不幸的是，又一次一语成谶。12月20日，霍奇森在手球比赛场心脏病突发。就在这一天夜里，派普夫人平静的梦中闯入一个男人，酷似霍奇森，独自走入一条隧道的入口。

霍奇森与派普夫人长年合作，已成为心神相通的朋友，他们之间应该有着较为畅通的桥梁，果然，他来了！派普夫人的铅笔写下这样的字句："能来我真开心，但太艰难了。我明白了，为什么迈尔斯很少出来。我必须走了。我待不下来……"真是伤心啊！那是个什么样的世界，有着什么样的秩序，人还是不是原来那个人，事还是不是原来那个事！盖尼、西季维克、迈尔斯，现在又加上霍奇森，他们前赴后继，涉向空虚茫然之中，攫取无形的真相。

在那个世界里，事物是否还保持原有的形态？就像诺拉·西季维克夫人，"英国灵魂与精神研究学会"的开创元老之一，她出于正统科学严格的本能与训练，第一个提出，为什么会有穿衣服的鬼魂？这问题乍听来很荒唐，细究却颇有意味。假如我们都能接受，如书中所说"鬼魂代表的是一个亡者之灵，或曰精神能量"，那么，如何解释衣服这样的身外之物却能够一成不变地显现，在那虚空境界中，它们持有着什么样的能量呢？诺拉因是负责调查鬼魂，首先需要甄别鬼魂事实的客观性，而穿衣服的鬼魂更像是一种想当然，或者说接受了生活经验暗示的错觉。就好像要帮助回答诺拉这个疑问，逝去的人们开始发出信号。

玛格丽特·福润夫人，丈夫是剑桥的哲学教授，本人则在另一所学院任古典文学教员，和西季维克、迈尔斯夫妇交往甚密，耳濡目染，受到灵魂研究吸引，朋友去世之后，她便生出要与冥界联系的念头。她独自练习"自动书写"，三个月来，在胡涂乱抹的希腊语和拉丁语之中，忽然出现了"迈尔斯"的字样。福润夫妇的女儿海伦，也在练习"自动书写"，她的笔下也奇异地出现同样的字句。此时，远在美国波士顿的派普夫人，并没有受过希腊语和拉丁语的教育，使用英语"自动书写"，但是内容竟然与英国这一对素昧平生的母女交叠互通。于是，交叉通讯浮出水面。更重要的是，在交叉通讯的实验中，灵媒表现出高于自身的智慧和教育水平，比如，派普夫人的导灵，又是一个新人格，教区长，接受拉丁语的指令在纸上画下图式，这是一个新成就，它从某种方面提供了灵魂存在的证明。

交叉通讯的范围继续扩大着，就好像人世间藏匿着一个信息辐射的网络。这一日，"英国灵魂与精神研究学会"收到印度的来信，写自一位名叫爱丽丝·吉卜林·佛莱明的女性之手，是著名作家拉迪亚德·吉卜林的妹妹。信中说，她自觉具有通灵的特质，读过迈尔斯的由霍奇森最后完成的书《人类性格与其肉体死亡后的存活》，因不想让人以为荒唐，一直保守着秘密，但是近来有一些事情令她困惑，按捺不下。在某一日的"自动书写"中，那些潦草无序的笔迹联系成相当具体的指示，其中有"迈尔斯"的名字，极为神奇地，让她把信寄给剑桥的福润夫人。佛莱明夫人并不认识福润夫人，但她"自动书写"描绘的福润夫人的客厅就好像她是一位常客……鬼魂究竟穿不穿衣服暂且难说，可是有一点，在那个与此界不同质的空间里，它们似乎摆脱了生前的某些束缚。它们的行为脱离了原先的轨迹，留给人们漂移的印象。它们漂移地寻找前一世的遗踪，令我想起香港作家李碧华的小说《胭脂扣》，鬼魂如花到世间寻找爱人十三少，找到第五天上，渐渐绝望，她说："一望无际都是人。"何等凄凉！《猎魂者》中的灵学研究者，却终于联络上了，在那些降神会上 —— "私下开的玩笑，亲密时分的细节，尴尬的回忆……"又是何等亲切，慰藉着饱受丧失痛楚的心。倘若灵魂真的存在，我们对生死聚离的感受大会不同，生命不再是有限与间断的，幸福的观念也许有所改变。

然而，交叉通讯的实验是相当危险的，因为不需要现存条件的制约，无限地扩大范围，更加难以取证，连同已经被考虑的事实都变得脆弱起来。派普夫人又一次受到主流科学界的严苛检测，主持检测的是美国克拉克大学校长斯坦利·霍尔，是灵魂研究的公开反对者。检测的结论是：第二人格症。斯坦利·霍尔校长的助手艾米·坦纳，出版了新书《对灵学的研究》，则是以现代心理学及社会学的方法，详细分析派普夫人双重人格形成的原因。可能是因为女性富于幻想的天性，她还是为派普夫人的异能留下一条出路，那就是，超能力也许会受疾病与年岁的影响增强或者减弱。

19世纪的80年代，盖尼和迈尔斯搜集问卷，经过筛选甄别，汇编超自然事件，因工作量巨大，中途招募了第三位合作者，牛津大学研究生弗兰克·鲍德莫，他们共同完成的这本奇书《生者的幻影》于1886年出版。1887年1月，威廉·詹姆斯所写的评论发表在主流科学期刊《科学》杂志上，无论它受到了多么强烈的指摘与讥诮，回想起来，却可说是超自然研究的全盛时代。风华正茂的科学、哲学精英，积极昂扬地工作着，未知世界初露端倪，好比雾里看花，云中探月，待到云消雾散，反倒什么也看不见了。埃德蒙·盖尼和迈尔斯先后去世，1910年8月19日，弗兰克·鲍德莫溺毙在湖水中。要说，《生者的幻影》三位作者的死亡都有些诡异，好像染了他们投身的事业的魅影。

"英国灵魂与精神研究学会"的新任主席，西季维克的遗孀诺拉·西季维克，不再像过去那样勇往直前，并不是说她要放弃什么，而是她重申了谨慎与严格的原则，强调学会工作应当服从科学研究程序的定义和操作。

最可信的灵媒派普夫人在斯坦利·霍尔校长几近折磨与侮辱的测试之后，正式宣布退休。

…………

就在弗兰克·鲍德莫溺毙之后一周，1910年8月26日，威廉·詹姆斯去世了。顿时，小道消息满天飞，四处都是威廉·詹姆斯亡灵显现的传闻。其中，某位灵媒在降神会上送来一个口信，听起来，与威廉·詹姆斯的精神相当接近，它说的是："我很平静，平静 —— 无论是我还是全人类。我意识到有一轮新生命，远远高于在我身为尘世凡人时所能料想到的一切。"当然，这更可能是一位熟读过詹姆斯理论的崇拜者的杜撰。波士顿联众教堂的牧师宣称他感受到詹姆斯亡灵的接触，引起"灵魂的震颤"。这似乎又与威廉·詹姆斯的世界观颇不一致，他以终身而不懈投入灵魂的研究，前提是他放弃有神论的传统宗教观念，因此很难解释他在身后去拜访一位牧师的行为。事情的结尾多少有点荒唐，是由《纽约时报》向爱迪生求教，此时，爱迪生正攻克一个新课题，就是让无声电影变成有声电影。至此，已经非常像王尔德的鬼故事，《坎特维尔鬼魂》，美国人用平克顿牌去污剂擦拭鬼魅的千年血迹。但爱迪生最后的回答又使尾声一幕回到正剧上来，他说："我们的生命太有限，无法理解一切。至今，我们还不能掌握那真正宏大的奥妙。"看起来，科学尽管严格遵守已知世界的法则，但对未知的世界依然抱着敬畏的态度。它有一句说一句，对不曾证实存在的，且不敢轻举妄论，而文学，尤其是小说，则欣然接过手去。

四

　　《猎魂者》第九章，名为《灵魂存放地》，写到威廉·詹姆斯的兄弟亨利·詹姆斯，于1898年出版小说《螺丝在拧紧》，故事来源于亨利·西季维克的表兄爱德华·怀特·本森府上的"幽灵之夜"。这位表亲身为坎特伯雷大主教，却酷爱鬼故事，以此来看，那时候的宗教已经呈露罅隙。大主教家的故事会上，来宾们一个接一个地讲述关于鬼魂的传说。这种消遣一定来自民间，不过是从老奶奶的炉灶边移到了书房里。阿加莎·克里斯蒂笔下的马普尔小姐所在的英国乡间小镇，也有一个"星期二晚间俱乐部"，与大主教的"幽灵之夜"路数差不多，区别只是"俱乐部"会员的神秘故事，结尾多是以刑事案件的方式给出了现实的答案。很难考证《螺丝在拧紧》与"幽灵之夜"的直接关系，但亨利·詹姆斯参加过本森的故事会是不争的事实，而且，小说的开头是人们围坐在火炉边讲鬼故事，那情景很像是对"幽灵之夜"的摹写。《螺丝在拧紧》在文学史上，当归类于浪漫主义派系里的哥特小说，"哥特小说"的命名起源于1764年，霍勒斯·沃波尔的小说《奥特兰托城堡》，副标题为"一个哥特故事"，是借中世纪建筑风格来暗示压抑恐怖的情节构成。但在这里，我宁可认为《螺丝在拧紧》来自超自然研究的影响。你想，亨利的哥哥威廉正从事这一门，亨利自己在伦敦，埃德蒙·盖尼就是他的老熟人，由盖尼牵头的哲学家俱乐部"八人谈"，我想他也曾去过旁听，这帮研究者苦思冥想的，如这一章的题目所说"灵魂存放地"的问题，免不了地，同样困扰着他——科学无法认证有还是没有，倘若有，又是如何的境地？而虚构是自由的，小说不必为现实负责，它可以使灵异学合法化。更重要的是，"灵魂"本来就是小说描写的核心。假定肉体死亡后，灵魂依然活着，便拓开了永恒的空间，小说所向往的，不就是永恒性的乌托邦吗？如此这般，写实性格的小说不仅在哲学意义，也在材料供给上，都从灵异研究里汲取了可能性。我想，大约这也是鬼故事吸引某一类小说家的原因。写鬼故事的作家其实和不写鬼故事的作家同样，绝不会忽略客观存在的秩序，比如亨利·詹姆斯，他并没有因为虚构的现实豁免权而放纵自己为灵魂建构一个更为具体的存放地，《螺丝在拧紧》中的鬼魂，依然服从着从科学出发，即灵异科学的规定限制，它们踪迹模糊，出入无定，不知所向。

《螺丝在拧紧》写一个年轻的家庭女教师，接到聘任，来到偏僻乡间的大宅子里就职所遭遇的故事。故事的结构使人想到早于其五十年诞生的《简·爱》，也许那个时代正统社会的女性只有担任家庭教师，才有机会发生奇情故事，于是就形成了套路。这一位家庭教师和简·爱一样，在东家的宅第里撞上一系列诡异的迹象，和简·爱不同的是，这些迹象看上去要平静得多，也因此暗示出更危险的隐秘。没有夜半的号叫惨笑，没有伫立于床前的怪影，没有紧闭的阁楼、形貌古怪的女仆、兀自点燃的蜡烛……相反，一切都是美好的，明媚的风景，轩朗的厅堂，小主人，也就是她的学生，乖巧和顺，在这和悦的表面之下却潜藏着一种不安：被寄宿学校退学的小男孩，一去不复返的前任女教师，从不露面的男主人……阴森可怖的气氛就在安宁中酝酿积累，终至显山显水。彼得·昆特，主人的已故男仆出场了；再接着，杰塞尔小姐，那个死去的前女教师也出场了——故事在这里与《简·爱》分道扬镳，循着鬼魂的轨迹，走入灵异小说。如先前说的，它们的活动都是有限制的，彼得·昆特总是只有上半身，下半身或者遥远地挡在塔楼的箭垛后面，要不就是挡在窗台外面；杰塞尔小姐则是在池塘的对面。偶尔，它们也会进入室内，但也总是离开一段距离，或者隔一面玻璃。显然，它们并不因为是鬼魂就行动自由，无所不至，而是只能在一定程度上涉入这一个世界。那时候的鬼魂要比后来的吸血僵尸一类守规矩许多，因此也优雅许多。是时代的缘故，作者和读者的胃口都撑大了，难免粗糙，还可能是作者亨利·詹姆斯目睹哥哥和朋友们所进行的灵魂实验，举步维艰，超自然现象扑朔迷离，难以捕捉，使得笔下的鬼魂有了谨慎的态度，不敢过于造次。也或许因为亨利·詹姆斯体察到哥哥研究工作里的情感动因：那些逝去的人究竟去了哪里？难道我们真的再也不能聚首了吗？他故事里的人和鬼都透露出一种难言的哀伤。年轻的女教师渐渐发现她与小主人之间的隔阂，那是以周全的礼貌与教养体现出来的，他们是和她周旋呢！事实上，他们与死者守着默契，谁也介入不了。说服与训导无能为力，阻止不了孩子们与旧人伺机交往。那两个孩子日益显出孤独的面目，在惊悚小说中，凡被死灵魂吸引的人全都有一种孤独的面目，这是这类小说中最动人的情感。故事的结尾在我看起来，略微有些扫兴，小男孩迈尔斯 —— 奇怪，男孩为什么叫"迈尔斯"，和"费雷德里克·迈尔斯"有关系吗？当然，"迈尔斯"是一个相当普遍的名字 —— 最后，小男孩迈尔斯被鬼魂摄走，在女教师怀里留下他没有生命的肉体。对于一个鬼魂故事，不免是太过具象了，可是不这样，又怎么办？故事总是要有个结尾的，而虚无缥缈的鬼魂又究竟能往哪里归宿呢？惊悚小说的结尾确实很难办，不了了之是小说家渎职，一旦落实却又失了余韵。

曾经读过一本比较新近的美国惊悚小说，《窗户上的那张脸》，与此类型小说差不多，不外是异域的老旅馆，发生过不为人知的事故，亡灵出没。这通常的套路里，却散布着一股极度抑郁的情绪。那小鬼魅越来越攫住客人的心，他渐渐与家人疏远，再也离不开这房间了。情节过渡到一个现代的幽闭的故事，但幽闭之中却是阴阳两界，住不得，往不得，无限绝望。客人与鬼魂厮磨良多日子，最终那一界的景象也没展现出来，永远隐匿在不可知的冥想深处。即便是灵异小说，似乎也严格遵守着实证科学的约定，不逾雷池。知道就是知道，不知道就是不知道。美国电影《第六感》，情节是在阴阳两界之间展开，最后，世间纠葛终于厘清，人鬼情了，那一大一小两个鬼魂相携相伴走在去往彼岸的路上，年龄和阶级的差异全都消弭了，很使人动容。可是，到底也没让观众看见那一岸的情形。

前面已经说过中国人的灵活性，这灵活性一定程度上缓解了生死暌违的痛楚，可能有些佻佻，但不乏意境，有一种抒情性。我很欣赏中国民间社会，对那一个世界的假想，既朴素又相当开放。在这里，人们常以转世投胎来解释生与死的交割，而转世投胎又并不是生命的单一延续，而是从一物化为另一物。最著名的如"梁祝"神话的"化蝶"；《孔雀东南飞》的连理枝、鸳鸯鸟；《聊斋志异》更比比皆是，或为蚁穴，或者狐蛇……在这些传说背后也许是老庄的哲学，物物相通，天地贯彻，是从玄思而起，到玄思而止，离科学远，却与文学的本质接近。我以为《聊斋志异》里"王六郎"的故事，可说是对"灵魂存放地"中国式的完整表达。故事说的是渔人夜晚撒网，一人独坐小酌，酒香引来了美少年王六郎，渔人便邀他入座，从此两人常在夜晚河边对饮，结成好友。王六郎其实是个新鬼，因贪杯醉酒，失足坠河身亡。不久，王六郎做鬼满了期限，得以投胎，两人高高兴兴地告别。不料，代他做落水鬼的却是一个女人，怀抱嗷嗷待哺的婴儿，王六郎生出恻隐之心，放弃了这投胎机会，女人从水中挣扎而起，王六郎则继续同渔人夜饮。又过些时候，上天褒奖他有德行，纳王六郎入仙籍，为远地一镇的土地神。王六郎专来向渔人告别，嘱咐千万要去辖地探望。渔人疑虑："神人路隔"，如何相逢？王六郎则一味要求。分别之后，渔人日益思念心切，决定前往。一旦进入地界，只见男女老幼蜂拥而至，家家留宿，户户请饭，说是土地神有托梦，百般叮咛盛情款待，将回报以五谷丰登。告辞回乡路上，旋风平地起来，缭绕脚下，随行十余里，那就是王六郎在相送。多么美妙啊！《红楼梦》是这境界的最高级，三生石畔绛珠草，受赤瑕宫神瑛侍者的甘露浇灌，为报滴水之恩，决定陪伴下凡做人，"但把我一生所有的眼泪还他，也偿还得过他了"。于是，演绎了宝黛之爱情。到了高鹗的后四十回里，这境界就又变得村俗了。黛玉死后，宝玉等她托梦，独眠一夜无所得，叹气吟了两句白居易的《长恨歌》："悠悠生死别经年，魂魄不曾来入梦。"将这木石前盟的仙气扫荡一空，余下的就只是男欢女爱。我经常猜测，倘若曹雪芹写完《红楼梦》，那绛珠草与神瑛侍者会不会在三生石上重逢，经历了红尘一场故事，之间的宿债是了还是未了？他们又是不是原先的他们？如今一切隐匿于幽冥之中，真可谓天机不可泄露。三生石在中国文学里，大约可充当得"灵魂存放地"，有了这地方，事情就变得不那么哀绝，有前缘，又有来世，生命可经久绵延，生生不息。但其实还是与物质无关，全是在精神层面，是生命美学，不能用作解释客观世界。对于中国人的思想，是足够用的了，我们习惯于接受未知事物，多少是为回避虚无主义，于是绕道而行。但在物理学基础上建立起来的西方世界观，却远远不能满足坐而论道，他们就是抱定耳闻为虚，眼见为实。

最近，读到一本日本前辈作家远藤周作的小说《深河》，作者介绍中说，远藤周作为"日本信仰文学的先驱"。我们对"信仰文学"这个概念很陌生，不知道内容究竟是什么，或者是指宗教的意思？因为介绍中又说，作者"出生于东京一个天主教家庭，十岁时接受洗礼，深受天主教思想的影响"。想来，科学与神学对峙而后又和解的过程，也会影响到近代亚洲的天主教传播。小说《深河》是一本奇异的著作，它在西方科学主义的立场上发展情节，却终结于东方神秘哲学。倘若与作者的背景联系，猜想远藤周作先生大约也是对灵异研究有兴趣的吧。

故事从妻子病危开场，丈夫矶边绝望地看着妻子渐渐远离，不知所措。当诀别的时刻来临，矶边发现平素感情并非十分亲昵的妻子竟然于他无比重要，难以接受丧失之苦，陷入痛苦不能自拔。妻子临终前断续说出一句话："我一定会转世，在这世界的某处。我们约好，一定要找到我！"这一句梦呓般的爱情誓言一直萦绕在矶边心头。偶然间，他了解到美国弗吉尼亚大学医学院精神科人格研究室正进行死后生存的调查，多半是出于排遣苦闷的心情，他给那个机构写信。若干日子过去，研究室真的回信了，告知在他们搜集到的转世案例里，唯有一件与日本有关。但那是早在多年前了，出生于缅甸乡村的少女，四岁时声称自己前世是日本人，是战争中的一名列兵，曾经遭遇飞机轰炸，被机上机枪击中而亡，她时常说要回日本，自语着一些谁也听不懂的话。听起来挺离谱，但矶边先生认真地拜托继续查找。经过一段时间的收集与核对，弗吉尼亚大学研究室又得到一个案例，看起来比较接近矶边太太转世的条件。那是在北印度卡姆罗治村的小女孩，自称前世是日本人，其他资料未详，但因矶边先生的急切心情，还是提供了这个简单的讯息。于是，矶边踏上了印度之旅。这真是一个大胆的举措，以如此写实的情节将怎样来处理这虚妄的悬念？转世投胎的说法虽然由来已久，长盛不衰，但多是神话志异，在小说的写作，亦是奇情，比如李碧华的小说——我以为李碧华在小说家中是个另类，她天生异禀，能将世外的人事拉入世内，又将世内推到世外，但前提是假设，假设两界存在并且互往，无论写作还是阅读都须承认这前提，建立起信任感，方能顺利进行。而在《深河》，则让人担心疑虑，因整体是具象的，全是由现实的材料砌成，严丝合缝，从哪里破开缺口，好向空茫出发？这一上路会有什么样的命运呢？叙述始终在严肃的态度中进行，不敢称它为荒唐，那简直是亵渎矶边先生对亡妻的心情了。

矶边先生前往的那一个地方大有考究，印度。《猎魂者》中，澳大利亚出生的剑桥哲学系学生理查德·霍奇森，接受"英国灵魂与精神研究学会"第一份任务，就是到印度孟买调查灵异事件。诺拉的助手收到的那封怪信，声称"迈尔斯"要与剑桥的福润夫人联系，那信也寄自印度的一位佛莱明太太。印度，在我们有限的认识中是那样一个深不可测的地方，E.M.福斯特的小说《印度之行》中，那山洞里究竟发生了什么，几乎将成为千古之谜。当然，这些印度图像多是得之于西方人的眼睛，在印度本土，也许一切都是平常自然。读过几本印度作家的小说，倒也未见得有什么奇突的事情发生。但泰戈尔的诗句，却透露出一种别样的世界观，无论是与西方理性主义，还是与中国的儒和道，都大相径庭。《吉檀迦利》中，比如"旅客在每一个生人门口敲叩，才能敲叩到自己的家门"，比如"被我用我的名字囚禁起来的那个人"，比如"我不知道从久远的什么时候，你就一直走近来迎接我"，比如"那使生和死两个孪生兄弟，在广大的世界上跳舞的快乐"，比如"当我想到我的时间的终点，时间的隔栏便破裂了"……"我"和"你"，"生"和"死"，"终点"和"隔栏"，在相对中相生，没什么是绝对规定的，还是以总量计，不以个体为单位，呈现出弥漫遍布的状态。所以，我想，远藤周作将矶边的寻找带入印度，是有用心的。

矶边先生所要寻找的女孩所在的卡姆罗治村，正是在孟买的恒河附近 —— 作者始终没有放弃写实主义的笔法，凡事都保持现实生活的面目，充满琐细的日常细节：加入旅行团，行程中结伴，宿寐起居，旧识新交而思故……就这样越来越接近那个转世所在的村庄，很难想象水落石出的景象，于是，这景象就越加让人渴望。叙述依然不疾不徐地进行，并不见得直取目的地的迫切，却也没有迹象是要规避结果，不兑现向读者的承诺。寻访循序渐进，矶边先生终于搭上出租车，怀着对妻子的思念，向那个素昧平生的村庄去了。炎热中的贫瘠令人心惊，矶边先生心生抑郁，迎面而来乞讨的孩子，浑身赤裸，饥饿得失神，抢着将手伸到眼前，哪一个会是妻子的转世呢？倘若真的是，又将如何呢？一切依然不显得荒诞，而是格外严肃——"矶边尝到了类似人生道路上失败的那种悲伤"。事情再怎么继续下去？远藤周作先生真是执着，他不让矶边就此掉头，而是接受出租车司机推荐，去找算命师，算命师给出又一条线索。依了指点，矶边走入嘈杂街市一家修车铺，得到的回应相当暧昧："一个掉了牙的老人指向道路深处，说'拉——兹——尼'。""拉兹尼"是弗吉尼亚大学研究室所提供的那小女孩的名字，在此却像是咒语，又像是谶言，不知暗示什么。绝望的矶边，在消沉的醉酒中走向恒河，呼喊："你到哪里去了！"恒河在印度教徒中被认为通向更好的来世，要是相信它，妻子就不应当是这不幸命运中的一个。事情终是守住了现实主义的壁垒，但在矶边的故事，毕竟算不得完满，而是妥协的意思了。好在，之后还有数十页码，或许，还有机会峰回路转。

旅行进行，沿着恒河，一个码头接一个码头，尽是沐浴的人们，还有，火葬场。为什么要将火葬场建在河边，难道是方便于转世吗？不得而知。从小说中看，这火葬场似乎也成了观光景点之一。场面奇异而又残酷，人头攒动的游客中，抬尸的队伍，蜿蜒向火葬柴堆走去。尸臭弥漫在滚烫的空气中，尸灰直接倾进河水，和着悼念的花朵，顺流而下。混乱杂沓之中，却有一条严格不逾的戒律，那就是不许照相。这意味什么？是不是意味死亡有着不可涉足的密约，千万，千万不要偷窥？这一条戒律，在后来爆发的冲突中得到特别强调，哲学的抽象性也由此外在成具体情节，平衡故事的全局。现在，矶边先生的寻找有了答案，逝者的去向，也终于被安置，安置在郑重的遮蔽之下。

五

加拿大著名女作家艾丽丝·门罗有一篇小说名叫《法力》，

写的是一位先天具有特异功能的女性泰莎，她可以隔着衣服看见对方兜里的钱包，以及钱包里的东西，还能报告失踪者的踪迹。总之，她就是那类被称作有超感的人。在小说家的笔下，这超自然能力将被用于什么样的虚构情节呢？泰莎恋爱了。泰莎爱上的那个名叫奥利的男人，很难说是真正被泰莎的人格吸引。泰莎长相平平，甚至称不上匀称，穿着陈旧而且背时，缺乏女性的妩媚，虽然她自有一种从容镇定的风度，可这又并不能刺激人的情欲，所以，奥利更可能是迷上了泰莎的特异功能。奥利是一个异想天开的人，而且，野心勃勃，期待做一番惊人的事业，却不知从哪里着手。我想，奥利说是从事灵魂研究，充其量不过是业余爱好者，对这一门科学的认识仅止于道听途说，泰莎显然是一个极难得的标本，于是，他如获至宝。从此，泰莎便步入了灵异研究者的实验室，小说这样描写道："简直就是一间审讯室，泰莎每回出来都像给挤干了似的。"泰莎一定是出于爱情才那么顺从，随奥利摆布，到东到西，走进各式各样的"审讯室"，贡献她的耐心和尊严，接受考验，力图得到研究者的满意，好为支持奥利的论述提供实证。可是，就像《猎魂者》里描绘过的超感者，他们的异能很难经得起追根究底，大多是被科学抛弃。同样，泰莎和奥利走上了街头，泰莎表演，奥利宣讲他的观点。他们不得不借用马戏团的场子，跟着跑码头，过上了江湖艺人的生活。事情离奥利的期望越来越远，而泰莎的能力也变得越来越可疑，不知是使用过度，磨损尽了，还是本来就不存在，只是被世人渲染夸张的。总之，这样的生活似乎到了该结束的时候，怎么办？奥利将泰莎送入了精神病院。最耐人寻味的一节到了，那就是，当奥利口袋里揣着与医院签署好的书面材料，和泰莎拥抱告别的时候，他不安地想：泰莎的法力究竟有还是没有？她若是看得见他上衣口袋里的文件，以及文件的内容，他便立刻将文件销毁，就像没发生过这件事一样。可是，泰莎什么都没说，什么也没问，驯顺地由着奥利送她去那个"可以让她休息一阵子的地方"，然后放下她，一去不回。也许泰莎真的完全丧失了法力，抑或是，她的法力更强了，能够穿透衣服、口袋、文件、肉体，看到奥利的内心，看出她的爱人是想摆脱她，回到自由的生活里去。于是她无怨无艾，在那地处偏僻的精神病院里，度着被囚禁的余生。泰莎的特异功能在此担负起爱情的至深的理性，成为普遍人性中的超自然。小说家的手才具有真正的法力，既能够化腐朽为神奇，又能够化神奇为常态。

倘若将小说还原成素材，显然，泰莎就是《猎魂者》里众多灵媒的一个，他们都走过了差不多的历程。先是能力超拔，神迹连连；接着是衰减，不得不以骗术替代；然后被揭穿，遭到唾弃，于是漂泊江湖；最后销声匿迹，不知所终。然而，他们在完全退出公众视野之后，偶尔地，却又会显现出异禀。那一对最早吸引眼球的福克斯姐妹，童年时能够与鬼魂沟通，从老房子的地窖里寻出多年前被杀害的尸首，一时辉煌之后是困窘潦倒的一生，两人的晚年都是贫病交加，相继在五十多岁的年纪去世。1893 年，姐妹中的一个死了有三年，另一个也快不行了，奄奄一息中，忽然向守在身边的邻居女人要了纸笔，胡乱写下足有二十几页的文字。邻居女人发现写的全是她的一生，她从未向这个萍水相逢的邻里谈过自己的生活，更让人吃惊的是，文字中反复提到一封遗书，是邻居女人的母亲留下的，藏在某人的书桌抽屉里，这个谁也不知道的细节被证明属实。也许，她们，以及其他那些被认为是骗子和魔术师的灵媒，真是具有超自然的能力，可是，事情似乎是，越要证明越是漏洞百出，到底也不知道真相是什么。

我不禁想起 20 世纪 80 年代前后，中国出现一位能用耳朵认字的少年，之后，掀起一波热潮，对超自然能力的好奇心席卷全国。那时候资讯不发达，长年耳目蒙塞，不晓得世界上有多少学科，又是在如何发展，我们只能在有限的范围内搜索材料，进行见证。当时我所工作的《儿童时代》杂志，开设科普知识栏目，也对此事件予以关注。有一日，我们从南市区某小学请来一些小学生，大约有六名还是七名，据称，他们都能够不用视力而用身体辨识字样或图样。那是一个阴霾很重的冬日下午，杂志社内的编辑，还有社外听闻而来一探究竟的人们，将孩子们围得严严实实。他们将写上字和画上东西的字条折起来，掖在棉袄底下，坐在桌子边，一动不动，任凭时间过去。似乎并没有显著的奇迹发生，多数孩子声称累了，有一两个说出来却又不全对，这场检测不了了之。大家却并没有感到太大的失望，因为相信，如此划时代的奇迹不是平凡如我辈有幸目睹的。事实上，这样的实验在一百多年的时间里不断地重复着，却还没有划下时代的坐标。那些闪烁的奇相，其实一直没有彻底冥灭过，时不时地，就会冒出头来，这里或是那里，这样或者那样。

科学继续在实证的道路上进步，越来越多种物质从无形中提炼出有形。1884 年，奥地利精神病学家，著名的西格蒙德·弗洛伊德出版论文《对可卡因的研究》，致幻麻醉品制造出相当客观的兴奋、快乐，甚至"不朽"的灵光闪现；"潜意识"的理论从意念传递的实验中浮出水面；心理疗法在奠定其于正统科学中的合法地位；催眠术的临床应用悄然扩大着范围。1890 年，威廉·詹姆斯的《心理学原理》问世，提出精神、意念与肉体的关系。1896 年，弗洛伊德第一次正式使用"精神病学"术语。进入 20 世纪以后，物质性有了更广义的体现：越洋电话的电波；双面灌录唱片的音频；照相机的成像；量子论；弗洛伊德再创建树，出版《梦的解析》；齐柏林飞船完成测试首航；物理学中的电力、磁场、电流传动与隔绝；大气化学，氩气的发现者获诺贝尔奖；1909 年，细菌学家发明治疗梅毒的药剂；无线通信日臻成熟；一架小飞机飞越英格兰海峡；全活动的照片出现了，然后就有了"好莱坞"……一百年后的今天，看似平常的这些，当时却都是从无到有，从虚空茫然中浮出轮廓，灵魂依然飘忽不定，一伸手就是一个空。

当派普夫人与福润夫人建立交叉通讯，企图与往生者联络，"自动书写"与导灵共同努力，筛选出几个关键词：希冀，星星，布朗宁。然后，人们寻找到迈尔斯最爱的布朗宁诗歌，其中有一句："只找到了流离之星，并将其锁定。"同时，人们从猎魂者霍奇森遗留下的文件中，翻出一张纸片，上面写着一些单词，其中也有"星星"，还有"凝视"和"眼泪"。总是有星星在，那遥隔几亿光年的光明，看着人们，试图传递什么呢？

2011 年 8 月 12 日　上海

与本文有关的书目：

1.《猎魂者》，[美]黛布拉·布鲁姆著，于是译，人民文学出版社，2008 年。

2.《坎特维尔鬼魂》，[英]奥斯卡·王尔德著，袁德成译，四川人民出版社，2001 年。

3.《螺丝在拧紧》，[美]亨利·詹姆斯著，袁德成译，四川人民出版社，2001 年。

4.《密西西比河上》，[美]马克·吐温著，张友松译，江西人民出版社，1984年。

5.《深河》，[日]远藤周作著，林水福译，南海出版公司，2009年。

6.《吉檀迦利》，[印度]泰戈尔著，冰心译，湖南人民出版社，1982年。

7.《逃离》，[加拿大]艾丽丝·门罗著，李文俊译，北京十月文艺出版社，2009年。

命运与无命运

一

　　这两本书，我指的是《奥斯特利茨》和《无命运的人生》，作者分别为德国温弗里德·格奥尔格·塞巴尔德（1944—2001）和匈牙利凯尔泰斯·伊姆雷（1929—　　）[1]，前者首版于2001年，后者则写于早在将近三十年前的1973年。《奥斯特利茨》是塞巴尔德不长的一生中最后一部小说，可视作他的代表作；《无命运的人生》虽是凯尔泰斯的处女作，却也称得上是代表作，以整体写作成绩为重同时推出其中一部著作为衡量的诺贝尔文学奖评选，便是因它而将2002年的奖项颁给这个匈牙利人。两部写作时间相差二十多年的小说，题材同是描

---

［1］　伊姆雷卒于2016年。——编者注

写第二次世界大战中的种族迫害，主角都是犹太少年，遭际着离散的命运，这些表面相似的要件，却由于结构与角度截然不同，改变了故事的面貌。两种叙述方式，且又呈现出一种奇妙的相对性，因而激发起比较的兴趣。

先来看《奥斯特利茨》，我使用的文本为译林出版社2010年8月版，译者刁承俊，从版权页看，字数为十九万三千，倘减去序跋，总也在十九万字，页数是二百三十二页，其间有一些图片，但张数与画幅都比较有限，可忽略不计。所以要厘清篇幅，是为了说明这部小说相当罕见的章节划分。小说没有设章节，仅为八个自然段，可想而知文字的稠密程度。我不以为作者是要挑战读者的耐力，更可能的是叙述上的某种需要：不被打断的连贯性；建筑壁垒，以自体循环而自满自足；或者是为清晰明确每一段落的任务和目的……无论出于什么样的企图，都可见出作者结构上的用心，这种不自然的文字分布，明显是被人为地规定了特别的意义。作者应该预计到，将情节安置在这样单一节奏的推进中，是有着极大风险的。

小说的第一节是十页，较为节制。"我"，一个人文科学研究者，在学术旅行中，走入比利时城市安特卫普的火车站，叙述就此拉开帷幕。这座有着巨型圆顶的宏伟建筑，在"我"心里首先引起疑虑："在多大程度上超出了只是实用的目的"，金碧辉煌的大厅——"是为一次国家庆典，而不是想到要为等候接上下一趟开往巴黎或者开往奥斯坦德的列车才建的"。就是在这个言过其实的大厅里，"我"邂逅了奥斯特利茨，小说的主人公。在他们的谈话中，一座"硕大无朋的钟"，每一分钟移动一次，发出振聋发聩的动响，时间就这样粗暴地介入了空间。紧接着，作者写道："20世纪90年代行将结束时"——此时是1967年，那么就是三十年以后，奥斯特利茨向"我"解释了安特卫普火车站的发展史。作者似乎是在以空间来整顿时间，在自然状态之外重新建设一套叙述的秩序。倘若这样的推测是可以成立的，那么条件也许是，奥斯特利茨的身份为一名伦敦艺术学院的讲师，建筑正是他所研究的一门专业，如同"我"对奥斯特利茨的评价："对他而言，叙述式地介绍他的专业知识就是在逐步接近历史的一种形而上学。"

安特卫普火车站，小说开拓的第一个空间，具有什么样的性质呢？它是在利奥波德国王时代建造的。利奥波德在位的1831年到1865年是比利时的勃兴期，比利时从荷兰统治下独立，以联姻方式稳定与法、英、奥三大强国的外交关系，在非洲扩张殖民地。向来贫瘠的比利时一下子变富了，国库充盈，于是，大型公共建筑物拔地而起。国力强盛时的建筑美学多有着不可一世的俯瞰姿态，背后是炫耀财富、扩张权力的意识形态。奥斯特利茨颇具专业性地分析道，这座火车站参照的是瑞士卢塞恩的新火车站，特征是罗马万神庙式的拱顶，同时，杂糅进拜占庭和摩尔人的中世纪建筑风格，比如白褐色花岗岩的圆形塔楼，总之，集合了历代帝国的强权政治色彩。然后，大理石、钢铁、玻璃顶棚的新型材料又带入现代工业的元素，用建筑学的术语称作"折中主义"。就这样，安特卫普火车站犹如一座神庙，供奉的是 19 世纪的神祇，奥斯特利茨说："这些神祇就是：采矿、工业、交通、贸易和资本。"这令我想起 1987 年，在德国卡塞尔文献展上，看见过的一件装置作品，地面上矗立着立方体柱，分别是矿石、焦炭、大理石、木材、棉花等工业原料，看起来，19 世纪的神祇延续到 20 世纪，又进入了 21 世纪，而且具有越来越神圣的趋势。再说回到小说，似乎是为了证明这些"神祇"的存在，紧接着，"我"和奥斯特利茨在这次谈话的"第二天"见面，就是从斯凯尔特河岸一直走入手套市场。手套市场应该是有寓意的，它意味着日用品进入大规模生产与销售的社会模式，代表工业化的进程。他们两人在手套市场的一家小酒馆前，谈起了又一类建筑：要塞。就此，预告了下一节内容，然后第一个段落结束。

需要特别提醒，这"第二天"不是小说开篇，1967 年安特卫普火车站邂逅的"第二天"，而是"20 世纪 90 年代行将结束时"，奥斯特利茨向"我"解释"安特卫普火车站发展史问题"的"第二天"。我想我们无法忽略这些个时间点，它们被建筑空间重新排序过了，在奥斯特利茨向"我"讲述他的人生故事之前，需要走过许多空间，这又是被讲述的需要所安排的，这就是小说特制的时间隧道，不是从自然而是从空间穿越。如"我"所说，奥斯特利茨以他的专业知识来接近历史，这是他的形而上学认识论，于是，我们事先已经了解，奥斯特利茨将从"形而上"起源他的经历。不是吗？"我"与他的邂逅、认识、谈话，都是发生在相对孤立，因而抽象的环境之下，没有其他的人和事介入，现在时的生活隐退在叙述之外。

好了，第二自然段开头了，篇幅也是十页，说的是要塞。在上一段的末尾罗列了一系列著名要塞以后，现在的重点在布伦东克要塞。在奥斯特利茨看来，这项巨大的工程全是出于不得已。追根溯源，是 1832 年的安特卫普防御工事。比利时新王国的疆域遭受四面八方的入侵，在这城堡内外发生激烈的战事。争战的教训是，城市周围必须加以坚固的环状工事保卫。于是，1859 年城堡开始翻建，修筑成十里长的新围墙，从围墙外辐射出去半个多小时路程，立起八个堡垒。时间又过去近二十年，再起土木，继续向外推进数里，修建十五个防御工事。但是还不够，经济发展，城区在扩大，工事还要延伸，布伦东克要塞便是最后一环。布伦东克证明了奥斯特利茨对要塞的定义："这些最大的要塞自然也会引来最大量的敌军。"还有一条："人们正是按照他们构建工事进行防御的程度，越来越深地陷入防守境地。"总之一句话，作茧自缚。在奥斯特利茨谈论过工事之后，第二日清晨，"我"又来到这手套市场的小餐馆，期望能再一次相遇，可是没有，似乎是作为补偿，"我"凑巧看到一篇关于布伦东克要塞的简讯，于是关于要塞的研究便继续深入下去。简讯介绍，进入 21 世纪之后要塞经历两度变迁：一是 1940 年，德国人在此建立收容和惩戒所，1944 年 8 月撤除；二是 1947 年，惩戒所成为民族纪念馆和比利时抵抗运动博物馆。毋庸多说，单凭日期与用途，已然能够了解历史在这里写下了什么样的近代情节。潜在于叙述之下的故事，在渐渐向水面升起。"我"放下报纸，直接就乘车去往布伦东克要塞，这是继安特卫普火车站之后，第二个详细描写的巨型空间。与火车站高耸的结构不同，它的庞大是摊平了的，粗粝简陋、用途明显的建筑物分布在空阔的地面上：囚室、停尸房、遗物室、土墙、铁蒺藜、沟渠、碉堡，散发出暴力与虐待的残酷气息，一些关于"二战"的记录进入"我"的脑海，由这些记录带出"达豪"的地名，小说在注释中写道："达豪是德国第一个纳粹集中营，始建于 1933 年 3 月 10日，位于距慕尼黑北部十六公里的达豪市郊区。至少有三万两千人死于该集中营。"这一段落在整整三行"A"字母后结束，这连续不断的持续，颇像一声声号叫，没有休止。

第三自然段仅三页半，倘若是通常的情形，肯定是过于漫长了，可是在这里，几可称急促。这一段落的开头，会有一时间的困顿，就是我之前提醒过的，关于叙述中的时间顺序。我猜想在原文中可能不至于产生太大的混淆，但中文没有时态，所以就需要格外地提高注意力。再强调一遍，安特卫普手套市场小餐馆里的谈话发生在"20世纪90年代行将结束时"，与安特卫普火车站的初次邂逅相隔有三十年之远。而事实上，作者在这里写道："在我们于中央火车站中央大厅里结识之后不几天，我就已经在列日市西南边的一个工业区第二次遇见他。"于是，时间又拉回到1967年。关于"我"与奥斯特利茨的见面，作者有一句很好的说明——"几乎在每一次我当时完全是漫无目的的比利时学术旅行中纵横交错"。奥斯特利茨与其说是一个人物，毋宁认为是一个思想，主导着学习、认识、理解，最后做出判断，这在以后再说，现在要说的是，此时，又一次证明叙述不是以自然时间进行，而是有一种更要紧、更有意味的内在秩序，这秩序是什么呢？前面曾经说过，以空间重新整顿时间，这只是指出了形式，内容又是什么？前面让我们依次检验一下空间的排列：安特卫普火车站、手套市场、布伦东克要塞，然后到了这里——列日市西南边的工业区。

穿行而过厂房车间、工人宿舍，在铸铁厂高炉耸立的背景下，奥斯特利茨向"我"解释，19世纪的理想主义"工人城"，当这幻景一旦落到现实，却成了兵营，工人摇身一变为士兵。关于其间的过程，作者没有加以正面的描写，只告诉说这一个话题足足用去两个多小时。事实上，从理想主义"工人城"到兵营，几乎不言而喻，可以视作纳粹党的兴起和国家社会主义理论的某种概括。于是，为效率起见，这一个空间迅速过渡到了下一个，也就是距此数月之后，"我"与奥斯特利茨又一次不期而遇，这一回是在法院。奥斯特利茨对法院的解释简而言之可为："在这座体积约七十万立方米的建筑物中有一些怎么也走不通的走廊和楼梯，有一些没有房门的房间和大厅。"经过火车站、批发市场、要塞、工业区，到法院，国家权力的构成大体完成，当然，奥斯特利茨以谐谑的口吻说起一些法院的八卦，说在那些走不通的空房间和过道上，有人企图开设小铺子、饮料店、公共厕所和理发店……就好像一些无足轻重的小栓塞，存留在人体的血管之中。很难忽略其中的隐喻性，尤其是在讲述法院这样严肃事物的当口。这一段落虽然很短，可是内容却很密集，最后还有一个空间，是敞开的，较为自然，因而也略有抒情性——要知道，之前所有的空间全是人类文明活动的产物。这一回是从码头出发，乘坐渡轮行驶在北海。码头和轮渡是出自人工，但视野毕竟是开阔的，海天之间，就仿佛置身于蛮荒原始时代。可是很快有实物突兀而入，那就是住宅城堡——"在这些城堡里，电视的淡蓝色荧光在闪烁"——工业社会又逼近过来。这一段落已到末几行，加紧的节奏似乎透露出叙述将有转变。

下一段落，也就是第四自然段的开头，就说明"随后"的日子里，"我"只要去伦敦，便会拜访奥斯特利茨，"在他那狭小的办公室里坐上一两个钟头"。在他的办公室里谈天，是不是意味着故事将进入具体的个人生活？在宏大的历史描述映照之下，奥斯特利茨的私人色彩显得相当模糊，似乎要被巨型的布景吞没似的，他以脆弱的个性抵制着这种吞没。比如，方一出场时，他坐在候车的旅客中间，埋头绘画草图的形象；比如，他的装束，旅游靴，工装裤，制作讲究的老派西装上衣；比如，他的艺术史学院讲师的身份，完美的语法，轻微的口吃，口吃时手指握紧了使劲；还有，"我"觉得他很像电影《尼伯龙根》的男主角齐格弗里德——齐格弗里德这个传说中的人物使他变得更抽象了。说到《尼伯龙根》，难免让人想起瓦格纳，这部小说的结构有些接近瓦格纳的歌剧呢！大块的段落，密集的文字，容积率最大限度饱和充实体量……瓦格纳的《尼伯龙根的指环》充满了超长的咏叹调、力量型的唱段和乐段、巨大的时间篇幅和演出空间。不能不说它在一定程度上塑造了帝国美学的模式，也是强盛时代的意识形态。小说家塞巴尔德的用意何在呢？是要以相应的力量对抗挑战？从技术上说，歌剧的手段要丰富得多，而叙述的材料终究是单一的，但塞巴尔德的原则却也与瓦格纳相仿，就是不用对比，纯做加法，堆垒，堆垒，再堆垒，以量来说话。

第四段头上，已经走进了奥斯特利茨办公室这个私人空间，旋即又走了出来。奥斯特利茨还需要在空间与时间里漫游近十页的篇幅，顺便说一下，这一自然段的总量为三十五页。讲述私人故事显然还没准备好，奥斯特利茨的出现依然是在公共场所，东方大酒店。他的形象有了微妙的改变，不再是"齐格弗里德"，而是奇异地接近英国哲学家，语言哲学的代表人物，路德维希·维特根斯坦。为什么要像他呢？脱离了传说中的英雄齐格弗里德而走入哲学家，是不是意味着他的行为从外部转到了内部？他告诉"我"，他早已经放弃了建筑艺术研究，只是出于偶然的心血来潮，走入了大半歇业正在装修的东方大酒店，不期然遇见了"我"。事实上，是不期然也是期然，奥斯特利茨潜意识中仿佛在寻找一个类似"我"的听众，而"我"此时正好具备了听众的条件，那就是视力退化。从 1975 年到 1996 年，"我"的视力出现了渐进性减退，什么都在变形：火车站、田野、庄稼、飞禽、水塔、工厂、赛狗跑道、坟场、钟楼、游乐园……"我"坐在东方大酒店的啤酒吧，在人影灯光的摇曳闪烁之中，看见了奥斯特利茨。这一个具体的细节也应该纳入历史抽象中去考虑吗？或许象征着当下与历史的关系，直观的世界全歪曲了，余下听力还可忠实地接纳印象，交付于认识，重新建设真相。

奥斯特利茨终于要接触私人故事了："从我孩提时代和青年时代以来，我就不知道自己到底是谁。"自己是谁，又何以为谁，是哲学的命题，奥斯特利茨要以一己的经历来做出回答。这一个抽象的命题事先表明了企图，那就是瓦解事物的具体性质，以使叙述保持在形而上。与此相对，《无命运的人生》则从一开始，就服从了个人生活的具体性，还有偶然性，沿着故事的发展，向不确定的结局走去。

二

《无命运的人生》译者为许衍艺，译林出版社 2010 年 1 月版。作者凯尔泰斯·伊姆雷身为匈牙利犹太人，这部小说显然带有自传的元素，倘若不是亲身所经历，真就很难想象第二次世界大战的种族清洗中犹太民族的日常生活。这场大劫难在电影、戏剧、小说、诗歌、摄影、纪录片中不断被记述、被描写，已形成诸多经典画面：闷罐车、毒气室、隔离区、奥斯威辛、大屠杀、饥饿、虐待……这场景与场景之间的过渡，却是隐蔽在书页的裓折里，巨大的惨痛面前，小关节变得微不足道。可说不定就是这些嵌在纪念碑石缝里的泥灰，潜藏着类似原委一般的性能，酝酿着事故的成因，最后实现历史的大转折。由于人在事中，注意力全在每一日每一夜的局部，凯尔泰斯·伊姆雷没有统领全局的野心，并不企图做出历史的判断。而《奥斯特利茨》的作者塞巴尔德是德国人，颇有意味的，小说中的"我"也是来自德国，天然的身份与所描写的事件横陈着距离，这就需要有自觉性了。所以，奥斯特利茨的讲述是从宏观进入，以试图解释历史拉开帷幕。凯尔泰斯的故事则始于懵懂，那一个"我"，家人昵称为久尔考，出身于布达佩斯市民家庭，正按部就班实践他那个阶层普遍性的成长过程，在毫不知情下坠落于历史之中。

小说中的"我"，久尔考，在故事发生的时候，还是未满十五岁的中学生，父母离异，随父亲和继母生活，每周的星期四和星期天下午，母亲行使探视权，他可与母亲共处。这样的家庭模式，以及模式中的伦理窘境，一直延续到今天，还将继续延续下去。父亲是个生意人，经销木材，有铺面、仓库、二三名雇员，当属中等产业。小说从某一星期四开头，这个星期四，父亲违反惯例留住了儿子，理由很充分，父亲被征入劳动营，次日就将出发。1944年希特勒占领匈牙利，傀儡政府发布一连串对犹太人的歧视政策，但很显然地，身处安定和平中的人们，对等待自己的厄运并不清醒。久尔考从学校请了假，来到父亲店里，看着父亲向许特先生交割生意。这位许特先生与父亲的关系相当微妙，他原来是仓库保管员，现在却买下了仓库，很可能源自私下达成的默契，可视作战时转移财产的一种方式。非常冒险的是，父亲将家中的细软，一个包裹，托付给了许特先生，而且执意不接受"收条"一类的凭据。对妻子的异议，父亲的回答是，这样一张字条毫无意义。也许对前途已有预料，抑或出于精明的生意人的头脑，明晓乱世里人心难测，不如用信赖做一个道德的抵押，父亲不时反复对受托人说："我们之间不需要这个。"处理好铺子里的事务，一家三口就上街购物，看起来就好像家庭和乐的假日休闲，可采买的却是劳动营的用品：背包、饭盒、小刀……凄惨又好笑的是，置办行装的铺子里，应运而生一样商品，就是犹太人必要佩戴的黄星。人们抱着务实的态度操办各种琐事，也是转移不安心情的唯一办法。其时，作者笔下的描写，难免让人想到20世纪中国"文化大革命"中城市青年上山下乡的情景，人潮涌入日用百货店的某几个柜台，购买行装：行军毯、旅行箱、蚊帐、被褥、草席、草帽……几乎一夜之间，商店的货架上堆满了这些用途单一、价格低廉的商品。当然，事情的性质截然不同，但这两种日常生活自有相似之处，同是保守的市民社会，任何变故于他们都是遥远隔膜，可历史依着自己的脚步，一点一点逼近了。

父亲临行前的活动还没完，要有一顿告别的晚餐，参加的成员是父亲一方的亲属和继母一方的亲属，都是至亲，最远不过是叔表舅表，可以见出犹太民族的社会结构是以家庭为中心，具有相对的凝聚力，还有封闭性。晚宴开始之际，才有两个不速之客来到，那是邻居斯泰纳和弗莱什曼两位大叔。邻居们的交往也是从近期方才开始，由于局势所致，同种族的人们需要相濡以沫，共度艰难。两位大叔到场说了告别与祝福的话，晚宴开吃前便离开了，很识趣地不再打扰家人们的聚会。这场晚宴的场景很奇怪地令我想起詹姆斯·乔伊斯《都柏林人》里《死者》中的那一次晚会。晚会的成员范围要大些，但也不外乎亲朋好友，亲切、温暖、安宁，多少是沉闷的，于是就有了些戚容。回到久尔考家中，深度近视加上听力丧失的奶奶，人人对她的耳朵大喊大叫；有着"尖尖的、小鸟般的脑袋"的爷爷；继母的母亲是迟暮的美人，身上残留着旧日的时尚，但并不妨碍她对家常事务的娴熟，打背包的活就交给了她；继母的姐姐显然是那种心善却无能的女人，作者写她"有着惊奇表情的木偶的脸"，这很形象，形象到可以在街头巷尾找出同样的一张脸，是庸常的市井中的脸相……可是切莫小看了这中等人家，和任何阶层的家族一样，成员中总有着称得上精英的人物，好比詹姆斯·乔伊斯《死者》中那个自由主义知识分子加布里埃尔，在这里，就是继母的表亲维利叔叔，还有继母的长兄洛约什叔叔，他们有着较为开放的眼界，头脑又好，动荡的局势之中，理所当然，族人们格外地期待他们的意见。维利叔叔热衷于时政分析，却难免陷于空谈，一旦涉及具体问题，比如何时停止劳动营的征召，他便乱了方寸，无以作答。洛约什叔叔虽然嘴上不说，但显然有更深刻的认识，对处境也更清醒，他与"我"，久尔考的私下谈话，可视作告别仪式中最为沉重也最接近历史核心的一幕。他让久尔考随他一同祈祷，用的是希伯来语，久尔考一句不会，只是鹦鹉学舌般地念着。事实上，这是为亲人送行唯一可做却也是最为空茫的一件事。祈祷的一幕使整场晚宴从平庸的日常生活中脱颖而出，变得严肃了。否则，它就只是如《死者》中那样，无数次家宴中的一次，无论接下来的遭遇是什么。从中世纪的黑暗走出来，经历文艺复兴、工业革命、新教运动、经济飞跃，诞生过拿破仑，如今又来了希特勒，激烈的变更之后，欧洲总是能回到既定的秩序上，有一种比人工更强大的力量，你可以称它为上帝，亦可以称它为地缘政治、气候、水土、洋流……或者是像张爱玲描绘的巴赫："小木屋里，墙上的挂钟滴答摇摆；从木碗里喝羊奶；女人牵着裙子请安；绿草原上的有思想的牛羊与没有思想的白云彩；沉甸甸的喜悦大声敲动像金色的结婚的钟。"那些布在平缓丘陵上的石砌的大房子和玩具般的小房子，每个窗户格子里都盛着一席家宴，欢迎或者饯行，新年或者辞旧，丧葬或者嫁娶，加布里埃尔已经不厌其烦，可这就是平安夜啊！

要说都柏林不是布达佩斯，爱尔兰人也不是犹太人，可是怎么说呢？曾经有过一部英国电影，《苦海余生》，犹太人终于登上船，离了汉堡港口，船长为安抚惊魂，举办化装舞会，当歌手演唱一首德国民歌，舞会的气氛一下子寂然了，有人啜泣起来，船员中有盖世太保的人，讥诮道：他们哭什么？这与他们有什么关系！就有一名医生愤慨道：他们是德国人！事情就是这样，好比久尔考已经不会说希伯来语了！

罗曼·罗兰的《约翰·克利斯朵夫》中，当主人公经历叛逆期，对自己的祖国失望，企图寻找另一种文明的资源，在那莱茵河流域小城里，有什么机会能够接触到别样的人群呢？而他终于找到了一种，那就是犹太人。以当时欧洲腹地的保守风气，对犹太民族自然持着顽固的成见，可他正好是要挑战一切传统，越是逾矩越让他兴奋，斗志昂扬。于是，结交了犹太朋友，从中筛选出一个，走入他的家庭。恰好，那家里有一个女儿，对于青春期的克利斯朵夫，又多了一重激励。这个富有的银行家的女儿，确实有着特殊的性格，用作者的话说："在她身上，你可以感觉到一个很强的种族。"她有足够的聪明和世故对付克利斯朵夫，在外人看来他难弄的脾气，实则只是超乎常人的直率。她也能认识到在这直率下面的头脑和力量，因此而挑逗起虚荣心和征服欲。自然地，她带有暴发户富二代的骄矜跋扈，不知天高地厚，其实她距离克利斯朵夫的真义远着呢！如同书中所说："他一过了某种限度，她就不能了解。"这个限度很快就来临了，双方都放弃了交道。克利斯朵夫的失望是他发现，德国的犹太人比德国人更德国人，书中写道："世界上没有一个民族比犹太人更容易感染土著的气息。"当然不必将罗曼·罗兰的话当作真理，尤其是以小说叙述者身份所说的话，但是，犹太民族与世代生活的国度高度融合，几乎是一个事实。

女作家伊莱娜·内米洛夫斯基，出生于俄国的犹太家庭，十月革命爆发后，迁往法国定居，终于还是没有逃过第二次世界大战的种族清洗，1942年死于奥斯威辛，年仅三十九岁。她留下不多的几部小说，无一不展示卓越的写作能力，倘若不归为天赋，你就很难解释，生活在豪富的资产者阶层的她，竟然能够对人性和生活保有深刻的理解。小说中有一篇名叫《舞会》，写的是一个法国的犹太家庭，股市上赢了一大票交易，陡然从温饱跃上有产阶级，于是，样样都要从头来起。搬进大房子，请英国保姆，教女儿学习淑女礼仪，再要举办舞会。新发迹的户头能有什么上等的交道呢？穷极所有，想得到的不过是有钱却不名誉的邦宇尔夫妇和奥斯提埃·达拉西翁夫妇；有欺诈案前科的朱利安·纳桑先生；吃软饭的迪卡拉侯爵以及他的金主雷维夫人及其家人；用钱买来爵号的假伯爵……角角落落竟也扫出一百七十二个一大堆。他们的原则是："第一次招待会必须人多，越多越好，能有多少就叫多少……到了第二次第三次我们才能有所筛选……"请柬写完了，交由女儿寄出。女儿从小在粗鲁的亲子关系中长大，眼看着父母进行一系列改革，只觉得虚伪透顶，又不被允许参加舞会，按上流社会惯例，十五岁才可进入社交界，而小姑娘还差一点，她十四岁。气急交加，满怀恶意，她没有将请柬投入邮筒，而是一股脑扔到了亚历山大三世桥底下的塞纳河。

久尔考的家庭显然已经在布达佩斯稳当地扎下根基，最初的挣扎过去了，倘若不是沦陷后的新政，他们就将和无数匈牙利的中产阶级一样，殷实安宁地生活下去，几十年如一日。

他们遵纪守法，谨言慎行，勤力节俭，也许谈不上对人类和世界有什么崇高的抱负，只是独善其身，但这可说是国民的中流砥柱，恒常社会的核心，他们就是小市民。小市民的苟且的人生观，当残酷的现实逼近之际，挨一时是一时。于是，久尔考父亲的饯行晚会保持了温馨亲切的气氛，人人都在回避不安的心情，编织些虚妄的希望说服自己。告别的一刻亦是携着亲人间常有的窘态，为流露感情而害羞，在叵测的前途跟前，似乎人人都放弃了追根究底，也放弃了常识。可是，什么是常识呢？电影《辛德勒的名单》里，工棚里有个女孩带着无从想象的表情说到毒气室的传闻，能责怪她太天真？阿姆斯特丹的安妮在阁楼上的日日夜夜将成为什么样的常识？洛约什叔叔无疑是有常识的，他带领久尔考祈祷，可是多么扫兴啊！这让孩子觉得很难堪。这个民族的漂泊命运对于历史是常识，可落实到具体的个人生活中，总是茫然的。因此，奥斯特利茨是从历史的形而上获取到"常识"，然后讲述他的故事，而久尔考的故事则是在接近"常识"的路途中。

形势其实在往恶劣方向发展，犹太人继续被征用，连久尔考这样的中学生都招到军工厂做工。军工厂在城外，因此久尔考便获得了出城的许可证，可视作付出劳作的补偿吧。在此同时，父亲从劳动营寄来的家信也令人安慰，"对待他们的方式——他写道——也是人道的"。而在犹太人不再获许经商的新政之下，父亲预先将生意转给许特先生，证明是无比英明的；许特先生则如期送来利润中属于他们的份额。生活的模式移动然后又咬合，继续下去，成为新的常态，甚至还保存着旧时的悖隙，母亲要求"我"重新挑选跟随哪个家庭生活，追究"我"到底爱谁，情窦也未延误初开的季节……生活的自我修复能力多么顽强，是所有人类还是专属某个民族从生存到繁衍中进化的本能，循着命运给出的狭道改变身形。其中却有极少数的头脑，就像遗传中的基因变异，违抗着普遍性规律，生出疑问，那就是邻居"两姐妹"中的姐姐。她发现自从戴上黄星，人们就开始憎恨她，可她不还是原先的她吗？就这个问题，孩子们展开一场讨论。久尔考企图说服她，人们憎恶的并不是具体的某人，而是"犹太人"这个概念，另一个女孩补充说"是一种宗教"，但她执拗地想要了解概念里的内容，结论是"我们犹太人和别的人不一样"。那么第二个问题来了：这差异究竟是优还是劣？久尔考和其他小朋友无法正面回答这问题，只得另辟蹊径，讲起了乞丐和王子的故事。乞丐和王子互换身份，便走上了截然不同的人生。这故事却让小姑娘痛哭失声，因为假如不是由于自身行为的缘故，纯粹属于偶然，偶然不巧成了"犹太人"，那么一切就都没有意义了。小姑娘不知道她已经接触到一个重要的哲学命题，正是奥斯特利茨终其一生所要解决的——"从我孩提时代和青年时代以来，我就不知道自己到底是谁"。

而久尔考面对邻家女孩不依不饶的追究却十分着恼，他不喜欢将生活复杂化，那对谁会有好处呢？除了让本来已经接受的现实变得难以接受。洛约什叔叔不是说了吗，"我们应该接受上帝对我们的安排"，倒不是单从信仰出发，而是和所有少年人一样，他喜欢简单、轻松、快乐，习惯将所有不合理的都解释成合理的。他就是抱着这种态度来对付厄运，直到对付不下去！

三

布达佩斯那个犹太小姑娘，发现自己所以是这个人而不是那个人，纯是出于偶然性；在奥斯特利茨，则是追寻自己偶然成为的那个人究竟是谁。

还是第四自然段，"我"到伦敦治疗眼疾，在东方大酒店，遇见奥斯特利茨。他总是那么突兀地现身，与其说出于情节需要，毋宁认为被思绪所推动。并且，他就好像具有一种濡染力，环境的现实感在他登场后全变得模糊，幻化为抽象。如同前面所说，他即将开始讲述私人经验，已经做了宏观历史的铺垫，但还需要创造一个诱因，这个诱因的名字就叫"鸽子"。奥斯特利茨在东方大酒店经理、一个葡萄牙人的接待下，参观了这座华丽的东方风格建筑，这是又一个人类现代文明的空间结构，19世纪末20世纪初，铁路公司在酒店里建造了一座共济会教堂，教堂的壁上有一幅挪亚方舟主题的彩画：金色的方舟上空，鸽子衔着橄榄枝正向回飞。就在此刻，奥斯特利茨忽然生出一个欲望，那就是去找"一个类似我当初在安特卫普、列日和泽布吕赫那样的听众"。正像中国俗话，说曹操，曹操到，果然就遇上了"我"。

"鸽子"在犹太人的信仰中是不是一个象征？它曾在大洪水时节，于方舟和陆地之间传递消息，因此就被视作信使。好比中国传统中的鱼和雁，一个在水中，一个在天空，自由任意地往返，可将路人的心思捎到远方。德国作家派屈克·徐四金的小说《鸽子》，写的就是一名从第二次世界大战中幸存下来的犹太人，过着平静的单身生活，却有一日，房间门口来了一只鸽子，他先是被恐惧攫住，仓皇逃离寓所，临时留宿旅店，在这陌生的房间和陌生的夜晚里，往昔不堪回首的经历如潮水般扑面而来。这小小的飞行动物，似乎具有穿越时空的神力，毋论传播福音还是带来坏消息，此时，它猝然凿开记忆的黑洞，巨创的痛楚来临了。奥斯特利茨也遇到了鸽子，由它引领，溯流而上，去寻找源头。

我想，奥斯特利茨的自我意识，是在一桩事情上浮出水面的，那就是学校校长告诉他，他要在高考答卷上署名雅克·奥斯特利茨——"这才是你真正的名字"。之前的经历就像在一片混沌之中：不知怎么就来到了威尔士的巴拉小镇，进入一位加尔文教的传教士家中，被叫作陌生的名字，穿上不合身的衣服。那是个沉闷的家庭，过着清教徒寒素的生活，养母病恹恹的，没有同伴可以做游戏，唯一可充作玩具的是一本相册，相册里的人和物又都与他无关联。相片中是养父的老家拉努辛，1888年修建韦尔努伊水库，拉努辛全部沉入库区，看着成为湖底世界的房屋建筑留在照片上的影像，如同看见了魅影。这是一件极富隐喻的童年玩具，沉于库区水底的存在就好像沉于遗忘中的记忆，而水库亦是人力修改自然的作品。这一本相册，可视作镜像，映照出另一份埋没的记忆，关于他是谁的记忆。镜面上折射出微弱的光线，在昏晦中明暗，意识尚未觉醒。他懵懵懂懂进了学校，知识开启着心智，照亮了客观世界，生活也在兀自进行，养母去世，养父进了精神病院，他重又茕茕孑立。就是在这时候，小说很精确地记述道，1949年4月的一天，他被告知，他的名字叫"奥斯特利茨"，于是，存在于命名下复活了。命名和存在的关系，这个哲学命题在此恰如其分地演绎成故事，被讲述下去。颇有意味的是 —— 要知道，在这里，处处都有意味，而不是像久尔考那样，处处都是无意味的琐细 —— 有意味的是，聆听讲述的"我"正患了眼疾，世界也像是沉在库区的拉努辛，水面打着漩涡 —— "我仿佛坐在一个旋转木马上似的"。

奥斯特利茨的故事，一言以概之，就是要对这个名字验明正身。他在之后几十年的生涯中，极偶然地听闻或者看见过同样的名字，一个是美国舞蹈家，另一个是卡夫卡笔下的虚构人物，第三个则是出现在文献档案里的女罪犯。搜罗同名者，就好像寻找血统和亲缘。而在1949年的当时，校长只能告诉他，那还是一场著名战役的名字。1805年12月2日的奥斯特利茨战役，拿破仑的辉煌胜利之一。凑巧的是，学校里有一位老师，正是拿破仑热情的粉丝，这场战役是他最为陶醉于描绘的，"奥斯特利茨"这几个音节被老师"吃葡萄不吐葡萄皮，不吃葡萄倒吐葡萄皮"般地反复吐出，作者写道："这整个学年我都感到，仿佛我是被人选中了似的。"哲学命题一直不放人物逃入具体的事端里去，在解释过历史的必然性之后又走进生命的偶然性。要说这其实是久尔考的命题，可久尔考是不自觉的人，任由哲学与他擦肩而过，随波逐流，撞上了再说。在奥斯特利茨，则是自觉预设的题目，命运沿着哲学的思索蜿蜒，这时候，一个人物诞生了，就是总管杰拉尔德。

这所贵族学校的寄宿制规定，凡进入高年级，都会得到一名低年级同学担任总管，好比军官的勤务兵。分配给奥斯特利茨的总管杰拉尔德·菲茨帕特里克，是个天真的男孩，自打来到学校，便患上了严重的思乡病。对于来历不明的奥斯特利茨，这种疾病几可称得上是一份财富，杰拉尔德喜欢谈论他的家，尤其是他饲养的三只信鸽——看，鸽子又来了！无论将它们带去多么远和陌生的地方，鸽子总归能克服千难万阻，最后飞回家。接着，杰拉尔德把他的小主人奥斯特利茨带进了他的家庭。走进杰拉尔德的家庭生活，并不仅意味着友情和温暖，我不以为奥斯特利茨就此找到了家园而有了归宿，他的旅程方才起步呢！杰拉尔德的家庭承担着更多的意味。

杰拉尔德家的乡村别墅——安德洛墨达旅馆在巴茅斯海湾，与养父母家所在的阴暗沉闷的巴拉地区相隔山隘与河谷，火车驶过一座架在巨大橡木支柱上长达一公里的铁路桥，"直至明亮的地平线"，就像从此岸引渡到了彼岸。房屋坐落在绵延丘陵的怀抱，面对河流入海口，战争夷平的旷野里，杂芜地生长着各种植物，上空盘旋着白鹦鹉，那是杰拉尔德的曾祖父从印度尼西亚带回的物种，然后繁衍成群。四下里没有人烟，要到河对岸才有一个小村庄，情景是蛮荒的，却又有一种繁荣，似乎回到未经人类开发的原始世界。然而，对于奥斯特利茨的思想任务，单是自然原貌的呈现还不足以说明问题，需要有诠释与阐述进一步开发其中的哲学资源，杰拉尔德家族就是为此目的诞生。方才说过，杰拉尔德家的祖先乘帆船环游世界，带回了白鹦鹉，同时还带来长尾蓝鹦鹉、秘鲁鹦鹉、图伊鹦鹉、啄木鸟、鸢、黄鹂，可惜大多绝了种，被制作成标本存放在这座砖砌小楼里。1869 年，进化论奠基人查尔斯·达尔文曾来做客，于是，安德洛墨达旅馆就开始向自然历史博物馆转变，同时，这个天主教家庭每一代都必有一人背弃天主教，成为博物学家。杰拉尔德的父亲是一名植物学家，不幸在战争中丧命，但家族中还有一位叔公活着，并且"继续推行菲茨帕特里克家博物学路线"。这位阿方索叔公，热衷野外工作，步行、观察、采集、绘画素描，他带两个孩子在夜晚爬上山冈，看蛾子活动。几十种蛾子从天而降，这种低级进化的无脊椎动物其实有着极其丰富的形态，以及完整的生命过程。阿方索叔公着重指出，它们的体温为三十六度，他说："三十六度是一个水位标，一种神秘的界限。"而众所周知，人类的体温标准为三十七度，这上升的一度，不知是出于哪一个进化的环节。奥斯特利茨穿过建筑，走到旷野，好比从人类人文历史进入更为漫长的自然历史。在雨燕缭乱的飞翔之下，结束了长达五十二页的第四自然段。

第五自然段开始，紧接着东方大酒店邂逅的第二天，他们又见面了。见面的地点在格林尼治公园的王室天文台。天文台这个空间，潜藏着极大的象征资源。先来看看它的内部环境，玻璃柜里陈列着各类用于测量的仪器：四分仪、六分仪、天文钟、调节器；木地板和窗户玻璃的方格子体现了划分比例而形成的平衡协调；望远镜——"对准星辰轨道同子午线的交叠处，对准飞过宇宙空间的狮子座流星的流星雨和拖着长尾巴的彗星"。

混沌的宇宙是负载于什么，然后才被确定质和量？时间。爱因斯坦的相对论最通俗的解释不就是当时间超过光速，我们便能够回到过去？依这个理论，所有的物质运动就都附在了时间上。这古典时期的天文台处处展示着计算的工具方法以及成果，因此，"时间的计算，奥斯特利茨在格林尼治天文台里如是说，是我们所有发明当中最最具有人造痕迹的发明"——回溯从自然历史中再退远，退远到物质最初形成的苍茫天体，这抽象到近乎虚无的存在，要给予定义简直令人束手无策，似乎只能先给出假设，待到证实却又釜底抽薪，彻底取消了前提。奥斯特利茨说到"太阳日"的概念，紧接着指出这是一个人为的虚构，虚构出平均日的计算式，可还是概括不了全部，余下小小的尾巴，那就是地球在自转轨道上稍稍偏向赤道。奥斯特利茨提到牛顿的时间概念，就是假设时间是一条大河，那么认真考究，哪里是时间的源头，又最终归宿哪里？还有，什么是时间的两岸？沉入时间之中的事物有没有差异，如何区分？最重要的一个疑问是："为什么某些东西会在消失不见后却一个又一个接踵而来？"这个疑问关乎奥斯特利茨故事的全局，沉入时间的东西接踵而来，大约就是历史的形态。

奥斯特利茨以不屑的态度谈到钟表，认为妄图用这样的雕虫小技分割时间是一种轻薄，"滑稽可笑"，这令人想起安特卫普中央火车站那座巨大的钟，在火车站的中心点，"位居国王徽章和'和睦就是力量'这句格言之上"。继而，他分析了自己拒绝钟表的心理，"总是抗拒时间的威力"，为什么呢？倘若时光不流逝，他便可能回到时间后面，那里什么也没有发生。我想，他希望没发生的不只是个人的一小段遭际，或者更长一点，一段历史的发生，而是人类文明的全部，那些石头垒起的宫殿，砖土的工事，金属铁工厂，编织物流水线和销售线，闪烁着电视屏幕荧光的公寓大厦，储存着千年美酒的东方大酒店，大酒店里的共济会教堂，还有脚下的八角形天文台，他们即将步入的格林尼治公园造作的假田园风光……所有将自然侵蚀得满目疮痍的蜂巢蚁穴，统统不存在，落得个白茫茫大地真干净，再从头来过。

现在，我们做一个稍稍的回顾，当"我"与奥斯特利茨在天文台谈起"时间"这一概念之际，有两个细节也许值得留意。一是"我"告诉奥斯特利茨一则社会新闻，殉情的丈夫，一个细木工匠，亲手设计建造一座混凝土断头台，自己给自己执行了死刑，奥斯特利茨听过后沉默了好一时。这是一件事情，还有一件，当他们将要展开话题时，天文台忽然进来一个日本游客，转了一圈又走出去，使他们的谈话延宕了一小会儿。倘若是在一个写实主义作家，以事物的表面状态为叙述原则，也许可视作两处闲笔，可是，在"奥斯特利茨"就不同了，我们一再地说过，每一处都有意味，因是从预先的设定出发，阅读的任务就是将它们安置在应该在的位置上。有没有发现，建筑艺术家奥斯特利茨特别在意物件的材质、形状，还有工艺？那个断头台的四方形混凝土台座、斜口刀、铁丝，在细木工匠手下契合得十分精密；日本人呢，作者的描述是"孑然一身，周游世界"，一定也暗示着什么，在我们等待许久将开始未开始的故事，第二次世界大战背景中，"日本"并非一个简单的国家名称，它的材质和结构隐藏在人文概念之下，人类的物质史就在空茫的时间中闪烁不定。

从天文台下来，他们信步走在格林尼治公园周边的荒地，奥斯特利茨说起他曾在学术旅行中走入一处废弃的艾弗·格罗夫庄园，庄园主告诉他，庄园建于1780年前后，患失眠症的祖先在屋顶造了一个观测站，在月面学和月球测量中消遣漫漫长夜。没有月亮的夜晚，这位祖先便自己和自己打台球，这景象有一股哀恸：一个人孤独地受着时间的煎熬。庄园主说，1941年庄园里曾经安装起一堵隔墙，封住台球室和儿童室的入口，长达十年之久，撤除隔墙的时候，他走进儿童室，不由心惊，"仿佛时间的深渊就在他面前张开了血盆大口"——经过将时间物质化的描述，我们也许比较容易理解奥斯特利茨所要做的是什么，那就是撤除隔离，敞开时间的深渊！这也是一个建筑学者的思想方式，将混沌的时间规划成空间，再从中流淌过时间。

入口似乎开启了，可是回溯时间，也就是相对论里，时间超过光速便可回到过去的速度动力，是怎样强劲的动力呢？
于是，杰拉尔德又登场了，他的叔公们，阿方索和另一个相继
去世，葬礼上，奥斯特利茨又来到安德洛墨达旅馆，这一家人
于他宛如至亲。此时，杰拉尔德已升入高年级，参加学生飞行
员分队，每周有一次，乘坐一架"金花鼠"飞机上天，这使他
摆脱了一周内学校生活的积郁。身体感受到浮托在空气有力的
承载之上，实在让人心情激动。可是在飞行的体系中，杰拉尔
德认为——"鸽子总是排在第一位，不仅由于它们飞完那些
最长路段时的速度，而且还由于它们优先于其他所有生物的出
类拔萃的导航技巧"。"鸽子"再次出现了，在这十六页长度
的第五自然段最后部分中，有两处描述了速度的外形：一次
是在别墅旧日的舞厅里，杰拉尔德的母亲阿德拉与奥斯特利
茨打羽毛球，"装上羽毛的弹头一次又一次地飞来飞去"，"呼
啸而过"；另一次，时间则是以升格的姿态呈现，那就是杰
拉尔德透过机舱的舷窗，观看"静止不动""缓慢旋转"的天
穹——景象十分灿烂，无数有名和无名的星辰，或近或远，
或明或暗。杰拉尔德在一次飞行中不幸坠落萨瓦山，机毁人
亡，是不是暗示着飞行的命运，暗示超过光速回到过去的危

险，因而不可企及？

下一个自然段落开始于一个季度之后，"我"去到奥斯特利茨的家里。经过五个自然段总共九十一页的篇幅，我们终于可以走进主人公的私人领域。他的家在伦敦东区，类似上海称之"下只角"的地方，劳动者聚集，拥挤嘈杂，十字路口交通拥堵，但奥斯特利茨居处所在的奥尔德尼大街却闹中取静——"我"详细地描绘了周遭环境以及居室内的情形，在这所陈旧灰暗的公寓里，唯一的特色大约就是照片。桌上放着许多照片，主人常常像玩纸牌似的摆弄它们，可达几个小时之久。照片这一个物件，已经是第二次出场了，在威尔士传教士家中，沉闷枯乏的童年里，就有一本相册陪伴他。我以为这是一个不可小视的隐喻，建筑的三维空间压平为二维，预示着什么呢？看起来，奥斯特利茨终于要讲述私人经验了。讲述私人经验的环境，三维空间正在成形，然后进入二维空间，还需要改变形状，变形到可供讲述的方式，那就是一维性质的语言。就像人的存在是在命名之下，历史能够附着的载体，大约就是语言吧！但语言这东西可靠吗？它承在时间之上，已经说过，时间是虚无的，立足于虚无之地的语言其实相当危险。用句中国俗话说，就是"词不达意"。奥斯特利茨表示了对语言极大的怀疑，认为语言"充其量不过是一种应急之物，是我们愚昧无知的一种赘生物罢了"。他曾经将所有记录着语言的字纸扔到园子里的肥料堆上，可却坠入更深重的虚无。这虚无感以疾病的方式体现在他的身体上，就是失眠症。失眠症在这里亦是有着隐喻，隐喻人在时间中流离失所。在格林尼治公园他们曾说起的老房子里，艾弗·格罗夫的祖先以观察天文和打台球应付失眠症，他呢，是夜游伦敦。游荡在黑压压、梦魇般的建筑物对垒的夹缝中。有一处游历令人深思，那就是17世纪伯利恒圣母马利亚修会的隐修院旧址，如今上面坐落着火车站和东方大酒店——这让我想起雨果的《巴黎圣母院》，小说中有一节标题为《这个要消灭那个》，副主教克洛德清点了一番人类文明史，宣称"自从洪荒时代直到公元15世纪，建筑艺术一直是人类的大型书籍"，等到文字、书写以至印刷术产生，革命就发生了："书籍将要消灭建筑"，因为文字比建筑方便保存和积累，而印刷则可以无穷地复制，使记录无法遗失。不过，雨果没有预料到，书籍将会为事实埋下陷阱。其时，奥斯特利茨走到纪念碑式建筑的遗址，是要寻找人类早期的记录方式？不幸的是，这记录方式早已被滥用，背离诚实的初衷，上面的火车站和东方大酒店就是明证。然而，对于一个建筑艺术学者，空间自有特殊的功能，它可为漫无边际的时间筑起堤坝，暂时改变流速。夜游在不自觉中掉转了头，就像他曾经期望过的，向后跑，向后跑，跑到时间后面，于是，消失的事情重现了。

四

《无命运的人生》是顺时针发生的。关于"我"所以是现在的"我"，是出于偶然还是必然的哲学命题的讨论，只是作为生活的场景出现，与其他许多场景形成连贯性的常态。这恰好与《奥斯特利茨》相对，后者中即便是日常的细节也是有指涉而刻意设计的。在久尔考，生活偏离了轨道，最初的不适应过去之后，很快就运行流畅，形成另一套常规。就好像在进化中培育的基因，可在变故的关头迅速分泌润滑液，缓解和消除摩擦，这种润滑液的名称应该叫作求生。久尔考就这样从一名中学生成了军工厂的工人，可是生活并没有停止转轨。与物质运行的原理相仿佛，生活一旦发生偏离，便一而再、再而三地偏离下去。整体的结构中有一处动摇，分离的力度辐射出去，然后松弛，垮塌，最终颓圮。从历史的长度看，这种崩陷只是一瞬间的事故，历史很像电影的蒙太奇，它将最戏剧性的片刻连接起来。而在个体的人，这一瞬间的容量却是相当可观，日复一日，月复一月，占据着生命和生存的空间。在这局部里发生的事情，也许与全局谈不上太大的关系，是"蒙太奇"略去的那一部分。所以略去，除去戏剧性不足的原因，我想，大约更可能出于一种假定，假定人们都已经知道，不屑细说了。这些假定人们都知道的，其实就是常态。可是有多少重大的转折都是从常态中起意，好比中国人一句古话，"大风起于青蘋之末"。这里面依然看不见有明显的因果关系，没有因果关系，只是王顾左右而言他。太平洋战争爆发，日本向南洋进兵，登上马来半岛，从柔佛海峡向新加坡逼来，可城里一片祥和，国泰大楼的电影院前，排着购票的长队，争看美国好莱坞的《费城故事》。

变故来临时，久尔考的感觉只是："第二天我遇到的事情有些奇怪。"上班途中，公共汽车上的犹太人被拦下。随着越来越多的公共汽车驶过，犹太人 —— 大多是年轻的男孩，因为都是军工厂征用的员工 —— 聚集起来。上班的时间早已过去，却不放行，合法的误工犹如放假，使孩子们心情轻松。询问警察，警察呢，说了一句有趣的话："现在我该拿你们怎么办？"孩子们围绕在他身边，"就像是郊游时围绕在一位老师的周围"。最后，警察决定带大家去海关办事处，在室内继续等待。但这一回事情略有一些不同，警察离去时，"我们听到他把门从外面给我们反锁上了"。这就好像一部关于幽禁的电影的开头，这类影片如今很流行，与暴力、情色、心理畸变的现代病有关，可在久尔考的遭际中，这一刻却不具有任何象征，只是一个朴素的事实。

事态向难以预料的结果发展，表面上还看不出有什么令人担心的迹象，甚至，海关办事处大房子里的等待更不错些，因为警察建议他们"采取舒服的姿态歇息着"。等待的人群大体可分为两部分，一部分是久尔考这样的年轻男孩，他们很快就开始游戏和说笑；另一部分是成年人，他们的情绪就要低沉一些，谈话的内容多半是讨论目前的处境。久尔考，小说中的"我"，与《奥斯特利茨》的"我"不同，久尔考是亲历者，后者是倾听者，直接的叙述使事情更接近自然状态，因而也容易使人忽略讲述者的特质。其实呢，以第一人称出场的讲述者，也是作者所虚构出来的人物，他同样具有选择性的特质。否则，为什么要由他而不是别人来承担亲历者的任务？就算这是一本自传体小说，亲历者正是作者本人，一旦进入叙述，作者也就成为对象了。直到目前，久尔考还未表现出稍稍深刻的性格，他和他的大多数同龄人一样乐观，或者不如说盲目，远不及那个邻家女孩，会为不平的待遇感到难过，他懵懂地进入人生。倘若一切正常，就可以顺利成长，大可不必经受考验，觉悟真谛。这都是平常的人，出身于小康家庭，并不企图成为奥斯特利茨这样的精英。可是，历史偏偏选择他们受难，不想也得想的，必要去思考些什么，就像邻家的小姑娘。女孩子通常比较早慧，男孩则要晚发得多，久尔考就是一个晚发的男孩，可是终究，他既被小说家钦点，就一定要被赋予某些特质，然后才可完成小说家的思想任务。

此时此刻，久尔考多少表现出了与众不同的性格，他从那些成年人中，"记住了几张有意思的面孔"——一个不参加交谈、独自看一本书的瘦高个儿，看起来心情很糟糕却很克制；相形之下，一个两鬓斑白、谢顶的半老男人则显得格外烦躁不安；加倍焦虑的是另一个"古怪的小个子"，长着特别的大鼻子，完全是出于偶然，他上了一辆被拦截的公共汽车，于是不停地抱怨自己的霉运；海豹脸的大块头，一直想和警察单独谈话，谄媚的笑容以及他在上衣口袋摸索的手，暗示着进行一项私人交易的企图……几乎可说是一幅小市民的群像，极有象征意味地，他们庸常的人生突然一个急刹车。中国哲人孟子说"天将降大任于是人也，必先苦其心志，劳其筋骨，饿其体肤，空乏其身，行拂乱其所为"。然而，他们没有做好接受"大任"的准备，他们至远的理想，不过是凭劳动奋斗，挣一份合乎道德的家业。下午4时，终于结束等待，警察将人群整顿成队伍上路了。走过街区，一辆有轨电车插进行列，队形有一时改变的当口，两三个成年人闪身离队，混入车水马龙，不见了。到底是世事洞察，对前途有所预见，也不排除出于庶务的压力，都是急煎煎地奔波着，家人和生意全都在这个岁数的男人身上。要说手脚更利落的年轻人，比如"我"，久尔考，本来也可以开溜的，可是，"诚实还是在我心里占了上风"，于是，依然走在队伍中。紧接着，事情有所变化，那就是警察被宪兵换下，宪兵显然不那么讲礼貌了，几乎回不过神来，队伍已经在咆哮和马鞭的驱赶下，涌进"马厩"里。

处境一步一步显现真相，而每一步都遭遇乐观主义的抵抗，相持一阵，乐观主义不得不退让开，再滑向下一步。先到"马厩"，其实是安德列斯宪兵营，没收私人物品和搜身，可是，"上尉表现得相当友好"。然后从"马厩"转移到布达考拉西砖厂，那里满地是人，从各地集中过来的犹太人，可喜的是许多老朋友在这里相逢，又交上了新朋友。接着，宪兵开始征募去德国做工，所谓"征募"的方式——"是我们自己用比较人道的方式来处理这件事呢，还是等待宪兵们来执行对我们的决定？"然而，不管哪一种方式，至少——据有经验的老人说，德国人，抛开对犹太人的成见不说，"本质上是清洁、诚实的，喜欢秩序、准确性和工作的人"。次日上了火车，"火车上最缺的是水"，可是也不当紧，"最初的干渴感很快就会过去的"，当第二波来临的时候，懂行的人说"六七天是一个期限"，倘若是一个健康的人，不出汗，不吃肉，"没有水也能活"。到达匈牙利边境，终于有人渴死了，可那是一个老人，还有病，"说到底，这事也是可以理解的"。况且，目的地已经到了，那就是奥斯威辛。

乐观主义还在继续发挥作用，过滤现实，将残酷的真相压抑在认知之下，于是就有了一种滑稽的变形的表象。穿着囚服的犹太人表情诡异，发出一连串奇怪的告诫：要说自己十六岁；不要有亲兄弟；强调身体健康，能够工作……接下来有一阵子混乱，被强行分离的亲人们挣扎着，由于绝望和徒劳显得失态，看上去也是可笑的。然后，不知是由什么样的力量驱使，久尔考发现自己身处清一色的男人队伍里，秩序又回来了，而且是约束性更强的秩序，终于，"我可以稍稍喘口气了"，环顾周围，平展展的空地上，疏落落地散布着瞭望台、角楼、高塔、烟囱——这不就是奥斯特利茨从建筑专业的角度描绘的要塞吗？它以顺自然时序运转的规律出现在久尔考的亲历之中，不携带任何历史、社会、人类文明的哲学思考，只呈现事实。这些事实加入其他事实，终将对久尔考发生作用。但这都是以后的事，还需等待情节的发展，不像《奥斯特利茨》，是预先设定的。

就这样，众所周知的检查身体、搜索财物、剃头、洗澡——并没有流露出恶意，甚至对那负责体检的医生——

久尔考说：“我觉得，他喜欢我。”而且，在去往浴室的路上，遇见水龙头，他们终于喝到了水。洗澡更使他们雀跃，男孩们在喷淋头下面戏耍，互相取笑剃秃的脑袋。“乐观主义”多少来自年轻人快乐的天性，不愿意让自己忧愁苦闷和消沉，当然，更多的部分，或许是一种卑屈的本能，倘若能对处境表示满意，也许会赢得好感而换取善待。这里没有英雄和战士，只是平凡的市民，一夜之间，他们被带离安居乐业的日常生活，连随身衣物都没有带，更遑论思想的准备。但是有一个细节在久尔考眼睑中流连了一会儿，那就是拉比的形象。在砖厂里，许多人围绕着他，乞求得到指引，他提醒大家：“你们不要与主争论。”他使久尔考想起洛约什叔叔。此时，拉比漂亮的须髯被剃光了。久尔考不是个真正意义上的犹太教徒，他连意第绪语都不会说，剃去须髯的拉比只是让他觉得 —— “好像缺了点什么”，缺的是须髯，却又不尽然。似乎有一种象征的意味，意味着某一种权威尊严被取消。在这自然的状态中，所有的象征性都潜在于事物的表面之下，它们并不自觉地指涉什么，单是表达它们自身，已经尽到责任了。

清洁的舒适感被丑陋的囚服压抑了，男孩们安静下来，彼此打量，越过头顶看见了电网。开饭的消息又一次鼓舞了大家，可是很快被食物的粗劣打击下去，焚尸炉烟囱里升腾起烟雾，挟着可疑的气味，于是，久尔考沉默了——"我真正准确地了解到一些情况，还是要从这个时候算起。"这个天真浅薄的少年严肃起来，开始思索。他的思索无法像奥斯特利茨，受过艺术与哲学的训练，又是在事情已成为历史，拥有足够的时间和距离之时，因而能够理性地进行，他人在事中，只能从感性出发。他最直接地想到，焚尸炉里的人正是与他们乘同一趟火车的旅伴，他们也去了浴室，被告知洗澡的规矩，甚至也发了肥皂，可是，喷淋头里下来的不是水，而是毒气。

经验继续提供着感性的材料：女囚们也剃秃了脑袋，看起来有一种残酷；即便是粗劣的食物，也远不够果腹；没有寝具，直接睡在水泥地上；每日只能去两次厕所……然后，新的转移又来临了，更多的人乘坐一列车皮，没有行李，没有女人，同样的热和渴，更严格的纪律性，他们的名字被数字所代替——按奥斯特利茨的存在哲学，名字的取消可不是闹着玩的，命名底下其实是活生生的个体。他们前往的集中营在布痕瓦尔德，那里有着质朴的风景，"我"不禁想到一些关于文化的知识，那就是不远处"坐落着文化名城魏玛"，曾经生活着许多作家诗人，其中有一位写过一首《谁在深夜里顶风飞驰》，应该是歌德吧！诗人亲手种下的一棵树，如今被圈进营区 —— 有没有发现，久尔考在向奥斯特利茨接近：失去名字，注意到历史和艺术开的玩笑 —— 相对于变得细腻的思想，生活却越来越粗暴。转移没有结束，紧接着又踏上新的路途，新的集中营，蔡茨。久尔考与相熟的伙伴分开，置身陌生人中间，周围都是遭到蹂躏的变形的面孔，然后，挨打的命运也临到头上，迅速成为家常便饭，于是 ——"在蔡茨我才发现，囚禁也有日常生活，甚至可以说，真正的囚禁其实全是乏味的日常生活"。

这句话里的深意大可琢磨，日常生活，是它更接近历史的实质，还是奥斯特利茨的历史宏观论？"我"并不企图对历史做出解释，也不具有知识的储备，不过是出于偶然 —— 偶然生为犹太人，偶然上了一辆遭拦截的公共汽车，又偶然错失逃跑的机会，偶然地进入这个编号，因而被送往蔡茨集中营。蔡茨集中营却不是偶然存在，它驻守在那块土地上已经有许多年头，这又符合奥斯特利茨对历史的总结，事端的成因在很久以前就开始积累，等待着某个时刻。

经过多少次转轨，日常生活又一次成形，新的伦理道德也随之建立起来，那就是"我们不能自暴自弃"。生存的艺术以简单又困难的方式体现着，比如盥洗，任何情况下都必须坚持；节约地分配口粮；远离颓废的人 —— 颓废的人指的是集中营里的一伙"老居民"，人们有一个形容词，"穆祖尔曼"，不知出自何种语言，意思是彻底崩溃了的囚徒。单是这一点还不足以解释他们所以形成一个特别群落的理由，他们更有一种共同的性格，一种不近情理的性格：即便是在这样困难的条件下，他们依然坚持说意第绪语，念祷告词，遵守教规 —— "凡是教规上不允许吃的东西，他们一概不碰"。他们的存在使久尔考感到难堪，在布达佩斯也曾发生过，大约有些类似洛约什叔叔带他祈祷的时候，他所生出的窘迫，照久尔考的说法是"好像我与常规不大合拍"，我的理解是一种被放单了的孤独感。曾经和一位美国的犹太教授闲聊，在他前好几代的祖先就来到美国定居，他自觉完全是一个美国人，然而，犹太民族的遭际却使他必须承认，他是一个犹太人，否则，我想，他大约也会有久尔考那样的不适之感。看起来，久尔考确实在成熟，思想的潜能渐渐浮出水面，趋向一个知识分子的认知体系。

就算已经接受，这也是日常生活之一种，可它依然会不可阻挡地摧毁你的耐心。食物越来越少；劳作越来越繁重；没有理由的殴打，所以根本无法避免。乐观主义早已退到看不见的地方，承认这是日常生活的态度也不再奏效，只能向命运缴械投降，放弃所有自觉性和主动性，然而，这也不错，"随着时间的推移，我本人也找到了平静、安宁和轻松。"随便身体在何种境地，有吃或者没吃，挨打或者不挨打，活着或者死，因为受伤送进营地医院，那么，"就躺在他们把我放下来的地方"。

日常生活褪去了，日常生活其实是生命所附载的基本形式，包含生存必需的饱暖、安全，还有体面。生命如今裸着存在了，那么，它究竟是什么呢？它的意义何在？价值何在？所有的形式都被剥离，只剩下肉身，任凭污秽、创伤、溃疡侵蚀它，侮辱它，眼看着它被糟践，直至灭亡——本来属于思辨范畴的活动，在久尔考却是具体的处境，哲学的命题，是从处境中逼向他，由他那抛弃了肉体、擅自活跃着的意识接受下来。当然，不接受也是可以的，然而，久尔考不是被选择来表达作者思想的吗？他被选择来对这"无命运的人生"做表达，他必须贡献思考的果实。苏联军队开进了蔡茨，德国党卫军投降，撤离集中营，广播里宣布解放和自由，作者以久尔考第一人称的身份写道："这时我才开始 —— 也许是第一次严肃地 —— 也去想那自由。"

五

我以为，两部小说的结局部分，都是主人公走在回家的路上。在奥斯特利茨，"家"深藏在无意识里，他就像一个失忆症患者，渐渐进入复苏的过程。还是在那一个自然段落，"我"走入伦敦奥尔德尼大街上的奥斯特利茨住宅，这一个自然段长达一百零六页，当然，其中有一些图片，但也极有限，篇幅依然是庞大的。段落的开头部分，"我"这么形容他的生活："他整个一生有时看来就像是一个没有任何时间延续的盲点。"这真是一个很好的注释，对于个体来说，生存的自我意识就是对时间的划分，存在一旦模糊不定，时间的界定便也消失了。这句话还是对久尔考在集中营医院里的状况的注释。其实中国人对这样无自觉的生命有着许多形容，比如"行尸走肉"；狄更斯小说《雾都孤儿》的旧式译名为《块肉余生记》；那一则著名的道家故事，"洞中一日，世上千年"，可用来解释存在与时间的关系。但置身于具体境地里的人，谁能够客观地认识和检讨这些抽象的性质呢？奥斯特利茨能，所以，与其说他是个体的人，不如以为他是思想的拟人化，所以才可拥有辨析的锐度。奥斯特利茨处在无边无际的时间之中，我想，这也许是他从事空间艺术研究的根本原因，空间是他用来限制时间形式的手段，是他在时间中漫游时依赖着，好让自己不至于彻底沉没的舟筏，是时间的容器，能在一定程度上截留时间，打捞起时间里的漂流物，就好像物体在视线中的残像，不期然间呈现了。

当他坐在火车站，那些埋葬在时间里的记忆将要冒头，他感到一种迷离，他说："我的脑海里突然出现了这样一种奇怪的想法：我从未真正活过，或者说刚刚出生。"这很像是一个在大海中漂流很久，体力已临极限，恰巧在这时，看见了绰约的陆地，忽感到疲惫至极，却不甘放弃的濒死者。记忆回来了，时间有了一个点，线索依然在茫然中，还有待时日，但也快了。果不其然，次年春天，奥斯特利茨走进不列颠博物馆附近的旧书店——奥斯特利茨走入的空间绝不是随机的，而是出于某一个用意——旧书店里开着收音机，正播送谈话节目，两个妇女谈到1939年夏天，她们还是孩子，被一趟专列送往英国，穿越过许多城市和乡村。更多的回忆涌来了，他意识到他也是被移送的孩子中的一个，这是一列运输逃亡儿童的专列。事情就这么露出蛛丝马迹。终于有一天，奥斯特利茨去到捷克，走进设在天主教加尔默罗白衣修士隐修院内的国家档案馆。建筑的结构依然是必须加以描绘的，但这描绘已不再像前面的部分那样客观，保持着冷静的距离，印象的画面不时突破藩篱，闯进空间，而且有了人，具体的人介入进来。女职员特丽莎·安布罗索娃接待了他，从户籍着手，检索自1938年登记注册的名为奥斯特利茨的市民。这个古怪的名字在布拉格竟有一串，他真是回到了家！

叙述还是在一百零六页的第六自然段内进行，事情变得越来越具体，透露出情节的生动气息。安布罗索娃夫人建议寻访从最近处开始，那就是本城区的阿加塔·奥斯特利索娃。走过盘互交错的街巷，此时此刻，建筑空间化整为零，那种超出实用的巍巍大观解体成小小的、布满生活细节、亲切的物件：铺路石块、窗棚、门铃拉线的铁拉手，门拱上方补入的半浮雕，内容是一条衔着树枝的狗，嵌在墙里的电器铁皮箱、公寓前厅地坪的人造石上的马赛克花……然后，终于，终于，按响了门铃——"薇拉·吕萨洛娃就站在了我的面前"。这是当年照料他的小保姆，奥斯特利茨身世的讲述者，虽然，奥斯特利茨说："我不知道薇拉和我在三月份那天的整个傍晚和夜晚，彼此是按照何种顺序讲述我们的故事的。"然而，大体上，奥斯特利茨的生平在此时，是按顺时针方向开始进行了，之后也是，虽然有时候会转换叙述人的身份和叙述场地，抑或被抒发感想打断，但奥斯特利茨的故事顺流而下，小说因此进入了生活的自然状态。

我还是被这小说的结构迷惑着，显然，叙述在第六自然段进入具体的情节部分。"我在奥斯特利茨那个位于奥尔德尼大街的家里拜访他"，事态开始趋向转变，从宏观历史走入个人史，奥斯特利茨的个人特质逐渐显现，成为叙述的主体。有些类似普鲁斯特的《追忆似水年华》，当然，后者是闲愁，而在这里，却由人类巨大的创痛做背景，情绪是沉重的。从阅读来说，高度的紧张松弛下来，思想的负重缓解了，情节的连贯性使人欲罢不能，就好比翻山越岭，终于踏上坦途，但节奏也因此而加速，又生出另一种紧张度。这漫长的一百零六页的段落是小说的"本事"段落，之前是序幕，之后呢？之后还有两个自然段，第七和第八。第七段二十八页，可视作第六段的接续，叙述了父亲的罹难。第八段，只有七页，奥斯特利茨与"我"告别，将他在奥尔德尼大街那个家的钥匙交给"我"，让"我"随时可以开门进去——"研究他作为一生中唯一存留之物的那些黑白照片"。呼应了第七段的开头，暗示着顺时针叙述的故事是将断续的记录人为地连接起来。这会不会表明六、七、八自然段其实为一个整体，与之前的一、二、三、四、五段相对而成立？从通常小说的惯例出发，自然应该解释成一个漫长的序幕之后，正剧方才拉开帷幕。然而，倘若从叙述历史的企图着眼呢？那微妙的只占了略多一半篇幅的私人故事，说多不多，说少也不少，也许，我说只是也许，是一个漫长的尾声，或者一个漫长的注释性质的附录，为历史举一个例证？所以这样漫长，是因为，描写日常状态总是占位大的。生活是有原始性的，涣散和杂芜，而思想则是精华，从漫无秩序中提炼出规律，好比沙里淘金。

这样对《奥斯特利茨》的结构做分析，有一种实验的快感，挑战着写作和阅读的成规。但也不完全是出于任性，事实确实提供了不容忽略的依据。当作者以惊人的思辨力在虚空中筑起理性的楼阁，已不是感性能与之匹敌的了，具体性无一不为抽象性所概括，局部为全局笼罩。所以，我更倾向于将前五个自然段总共九十一页作为叙述的"本事"。作者在段落上打破一般性的安排，是不是也暗示我们结构上别有用意？奥斯特利茨，作为一个艺术院校的老师，研究和讲授专业领域的课题，不就是与他身份最为相符的日常活动？而小说不就是在假定的前提下，为人物设计合乎情理的故事？他的私人经验是学术的出发地，或者说，是从属，这也是学术的伦理和人道。

和所有的结尾一样，旋律又会有一次主题再现，那是对全篇的重温。然而，回过头去，方才知道已经走出很远，人和事皆非原样，不免心生怅然。在小说的最末处，"我"离开奥斯特利茨，独自在城里城外游荡，再次来到维勒布鲁克，那里是奥斯特利茨描述过的布伦东克要塞。"我"坐在壕沟边，拿出奥斯特利茨送他的书，一位伦敦文学研究者的作品，写他如何寻找祖父，一名以色列耶和华经师的生平足迹。又是书，语言文字和印刷术，雨果说的，比石头建筑更牢固的历史纪念碑，到头来还是得靠它。奥斯特利茨究竟是谁呢？是书籍里的存在？是伦敦奥尔德尼大街上那间空屋子的主人？现在，书和钥匙都交出来了，他便消失在冥冥虚空中，就像方一出场时，从虚空中浮凸出来。

久尔考踏上归途的时候，已到了小说通常意义的结尾。作为一个亲历的叙述者，他严格遵循时间的自然进程，感性还在活跃期，接触着具体生动、变化多端的经验，理性远追不上，缺乏既定的认识方法。即便到了今天，距离写作的当时将近四十年，小说描绘的情形，依然在我们的预期之外。希特勒排犹的题目讲述了几代人，有历史记录，也有个人资料，进入社会研究，也进入艺术表现，可是，就算有一百万、一千万种，那么在这里却是一百万零一、一千万零一种。这就是人和生活，总是在概念之外。一种概念形成，就有一种概念之外生出，绵延不尽。奥斯特利茨已经做出如此充分的准备，久尔考依然是在他所始料未及处，是他抽象化归纳过后，剩余的具象的细末。这些细末无法笼罩全局，只能指涉自身，可仅只是自身，也足够说明问题了。

久尔考的回家路途由"匈牙利集中营委员会"组织，先搭一段美国军车，然后步行。昔日的囚徒们排着队，唱着歌，走过异国的乡村和城镇，路经城市时，就搭一段有轨电车，然后乘上火车，一觉醒来，月台上的站牌，全换成匈牙利文字，然后，就是布达佩斯了。虽然战争留下了触目的创伤，可"我"一眼就认出了街区、广场，还有电影院——"在一个比较大的、灰色的、丑陋的公共建筑物内"，它让我想起米兰·昆德拉的小说《玩笑》里的那个电影院。小说主人公，捷克年轻的大学生卢德维克，触犯了意识形态禁律，被开除出党，进劳务营改造。劳务营地处偏远的边区，军队式管理，干的是下井采矿的活，两周休假一次。一个假日中，他来到电影院，一幢大平房，平房的一角竖着招牌，写着"电影院"，就在那里，他邂逅了露西姑娘。这一节真是非常动人，温馨、静谧、清寂，有些闷，于是，染着戚容，这就是日常生活。普通人栖身于其中，以平庸的代价换取平安恒定的存在。电影院则启开一线缝隙，透出来传奇的光影，让凡夫俗子做一场白日梦，安守本分中的一点点奢心。电影院在不经意间累积起象征性，我应当如何解释它在此出现？久尔考决定离开救济站，独自走回家去，绕了一周，又看见了电影院。我想，他并无企图刻意说明什么，可电影院的出现，却让人有所联想。

布达佩斯扑面而来，一下子包裹了他。可是，他身上那件从党卫军仓库中找来的外套，以及美军制服裤子，将他与周围隔离了。电车上，一位记者替他补了车票——生活的秩序就是这样严谨，无论从哪里来，逃票都是不被允许的。而记者的好心也不是无条件的，他提出一连串问题，可"我"却无从回答。记者让"说说集中营之地狱"，"我"却对"地狱"感到茫然。记者解释道，"这只是个比喻：难道我们不该——他问——把集中营想象成地狱吗？"久尔考的回答很有意味："我只能够想象集中营，因为我对它还有所了解，而对地狱却一点也不了解。"久尔考断然拒绝任何比喻，它就是它，没有一个现成的模式可以借用来描绘。接下去，他开始滔滔不绝，就仿佛奥斯特利茨找到了合意的听众，而且，他竟然也谈起了"时间"。他的"时间"概念和奥斯特利茨的恰好处于相悖的发展方向，他的时间本是经过人类文明锻造、划分过了的时间，以现实生活记下刻度，按部就班，一个阶段接一个阶段，和谐地延续，可是，现在，秩序崩裂了，裸露出时间空茫的真相。米兰·昆德拉的《玩笑》里，主人公卢德维克也经历了在时间里坠落的命运，他是这样描述的："一切都中断了：学业，为革命工作，友谊，爱情，以及对爱情的追求——整个富有意义的一生都中断了。留给我的只有时间。我前所未有地与时间密切起来。"奥斯特利茨则是从虚无的时间出发，然后由生活的记忆刻下纬度。记者先生显然听不懂久尔考的话，终于放过他，任其继续回家的路程。

久尔考走进了自己家所在的公寓，按响门铃，这一刻与奥斯特利茨何其相似！门开了，出来的也是陌生的面孔。最后，久尔考坐到了邻居家的客厅里，听他们告知家庭的变故。弗莱什曼大叔，还有斯泰纳大叔，曾经，每个晚上他们几家都聚在一起，有些同舟共济的意思，可是，这会儿，他们再也谈不拢了，甚至，在某一个问题上，彻底谈崩了。那就是，老邻居们问道："你今后有些什么打算？"久尔考很惊异这问题，他还没有从过去脱身呢，又如何考虑今后？于是，久尔考开始说教了，说的还是时间："在每一分钟里，原本也可能发生别的事情，就像发生那些碰巧发生了的事情一样……"他说的是时间里的不确定性，但听起来像是批评他们逃避了原罪的惩罚。斯泰纳大叔不由愤然而起道："但我们又能做什么呢？"久尔考在自己的思想里径直走下去，他现在知道——"起初它并没有任何含义，直到开始走那些路为止"。他无法为自己的思想命名，事实上，他逐渐涉及奥斯特利茨的命题：人类的活动，如何一步一步走到这样的处境里。极其微妙地，奥斯特利茨在结尾中变成了久尔考，开始亲历命运；久尔考在结尾时则变成奥斯特利茨，试图对历史做出判断。这相对的走向基于叙述的方式，前者以预设的意义讲述故事，后者以故事生发意义。

最终，他和大叔们几乎是吵翻了，大叔们叫喊道："难不成我们、我们这些受害者，都是罪犯吗？"久尔考力图使他们明白："这不是罪，只是应该洞见……"久尔考不明白，在人类普遍持有理智的时候，个人也许不需要"洞见"，可是怎么说呢？理智又是由许多个人的"洞见"所构造的。假如在蒙昧初始，理智偏差一点点的话，裂隙就会越来越宽，最终成为大窟窿，也就是记者先生说的"地狱"，然后需要"洞见"去缀补。

2010年春天，在柏林，看犹太人博物馆，创办人在第二次世界大战中，就是来我居住的城市上海避难，劫后余生。博物馆陈列中，最凄惨的部分是罹难者的遗物，那些家用杂什，来自保守自足的居家生活，那就是布达佩斯的久尔考家人和邻里们的生活，也是布拉格的奥斯特利茨家人和邻里们的生活，这生活早已融入他们世代居住的国度以及阶层，就像詹姆斯·乔伊斯的《死者》中那次晚宴上的人们中间。陈列柜里的什物，就像那生活破碎的残片。其中有一封短笺，一个犹太男孩写给他十六岁的女朋友，他们同被征召在柏林一家纺织厂做工，刚要发展成恋爱的关系，信上写道："我们必须在今天上午9点离开，事先没有得到任何告知……"多么像久尔考啊，他被突然送往集中营之前，也正试探着和一个女孩子恋爱，那就是邻居斯泰纳大叔的侄女安娜玛利亚，他恐怕连这么个便条都来不及寄出。

小说的最后，久尔考走出老房子，走在街上，沉浸在自己的思想中。这一段里出现了一个可疑的词汇——"幸福"，我不知道原文中这单词是否有着暧昧性，但译者那么肯定而单纯地译作"幸福"两个字，一定有靠得住的理由。也许，就是这么简单的，幸福。作者写道："在我的人生道路上，我已经知道，幸福，如同某种绕不开的陷阱似的正窥伺着我。"接着，"即使是在那里，在那些烟囱旁边，于痛苦的间隙中也有过某种与幸福相似的东西。"在这全文倒数第二段的末句是："是的，下次，我应该给他们讲讲这一点，讲讲集中营里的幸福，如果人们再问起我的话。"

我本也想绕开陷阱似的绕过这个词，它着实太难解释了，可是它如此被强调地出现，挑战着你的思想能力，你就知道必须面对。译者的前言中提到作者凯尔泰斯在另一本书《苦役日记》里曾这么说过："如果我们将强加给我们的决定当成一种事实自始至终地生活于其中，而不是生活在我们自己的（相对的）自由所带来的必然性中，我便称之为无命运。"那么，我想，也许，这"幸福"就是前面久尔考对着那些懵懂的大叔所说的"洞见"，大约还有一个词，叫作"必然性"，也就是，使无命运变成命运。

2011 年 10 月 8 日　上海

与本文有关的书目：

1. 《奥斯特利茨》，[德]温弗里德·格奥尔格·塞巴尔德著，刁承俊译，译林出版社，2010年。

2. 《无命运的人生》，[匈牙利]凯尔泰斯·伊姆雷著，许衍艺译，译林出版社，2010年。

3. 《都柏林人》，[爱尔兰]詹姆斯·乔伊斯著，王智量译，上海译文出版社，1984年。

4. 《约翰·克利斯朵夫》，[法]罗曼·罗兰著，傅雷译，人民文学出版社，1980年。

5. 《大卫·格德尔/舞会》，[法]伊莱娜·内米洛夫斯基著，袁筱一译，人民文学出版社，2008年。

6. 《鸽子》，[德]派屈克·徐四金著，彭意如译，小知堂文化，1999年。

7. 《巴黎圣母院》，[法]雨果著，陈敬容译，人民文学出版社，1982年。

8. 《玩笑》，[捷克]米兰·昆德拉著，景凯旋译，作家出版社，1993年。

温柔的资本

一、上路

　　科尔姆·托宾长篇小说《布鲁克林》中的艾丽丝，是恩尼斯科西镇上的姑娘。恩尼斯科西镇属韦克斯福德郡，从《简明不列颠百科全书》爱尔兰地图看，韦克斯福德郡位于爱尔兰首府都柏林以南，临圣乔治海峡，恩尼斯科西在韦克斯福德郡北部。后来，艾丽丝去美国东岸纽约的布鲁克林，是由姐姐罗丝陪她乘火车到都柏林，从火车站搭出租车到码头，登上去往利物浦的轮船，沿爱尔兰海入北海峡，一夜过后，次日清晨泊岸，哥哥杰克接了她——在他们镇上，许多年轻人到英国谋求发展，利物浦或者伯明翰——兄妹俩消磨一日，向晚时分便登上跨大西洋航班的海船。由此看来，艾丽丝所生活的小镇，地理上比较偏僻，可说是爱尔兰的腹地。但是，这并不等于说它过着闭锁的生活，相反，它很开放，始终保持着与外界的联络。《简明不列颠百科全书》上写着这么一行："爱尔兰移民人数之多长期以来居欧洲首位。据估计，国外出生于爱尔兰的人约相当于国内人口的一半。"去英国自然是最近便的选择，我们所知道的许多英国作家，都出生于爱尔兰，尤其是在爱尔兰独立之前，去往伦敦是年轻人走向世界的必经之途，乃至最终归宿。比如王尔德、萧伯纳、著名的《格列佛游记》的作者斯威夫特……在爱尔兰文学博物馆，全被列入爱尔兰作家的行列。在更遥远的大西洋那头，美洲新大陆，19世纪40年代，爱尔兰全境内土豆歉收，大饥荒延续五个年头，大批难民涌入，甚至在某种程度上改变了美国人口的结构。据丹尼尔·布尔斯廷《美国人：民主历程》一书中的统计数字，1850年，纽约已聚集爱尔兰移民十三万，占全市人口四分之一，五年以后则增长至三分之一。从科尔姆·托宾的小说《布鲁克林》看，爱尔兰移民在纽约布鲁克林区，不仅数量众多，而且形成社团性的组织结构。在这异乡的小社会里，多少也是凭借着所来自的地区和亲缘而分布出远近疏密的关系，像引荐艾丽丝去美国的弗拉德神父，在布鲁克林负责一个教区，他说话就带着恩尼斯科西口音，他家乡所在的罗彻福德镇，想来是极小的地方，地图上找不到，艾丽丝家在那里的一个熟人，恰巧就是神父的舅舅。艾丽丝的房东柯欧夫人，不只是韦克斯福德郡人，而且还是恩尼斯科西镇上杂货铺老板娘凯莉小姐的母亲的堂姐妹，艾丽丝去美国之前，曾经在凯莉小姐铺子里打工来着。用弗拉德神父的话说："布鲁克林有些地方，很像爱尔兰，到处是爱尔兰人。"

所以，艾丽丝生活的小镇，延伸至整个爱尔兰，都有些像我们所说的"侨乡"。在20世纪80年代——还是依《简明不列颠百科全书》为准，爱尔兰总人口为三百四十四万，其中都柏林就占去五十四万多，科克近十四万，韦克斯福德最近处的大城市沃特福德三万多，余下约二百七十万人分布在七万平方公里的国土上，恩尼斯科西能否分配到一万都难说。在这有限的人口之中，经济与婚姻的周转运作都必须开拓边界，向外发展。小说中的谢里登和法瑞尔两家，可说是镇上的旺族，其实不过是小业主，前者在集市广场开一家店铺，后者在街上开酒吧，但两家的儿子因而就有了家业的继承，不用为前途发愁。星期天晚上，名为"雅典娜神庙"的剧院里在举行舞会，听这名字就可得知是如何华丽与时髦，又是如何地处偏远，就像我们凡是称"泰晤士""凡尔赛"的住宅小区一定是在城乡接合部，在这风气保守的小镇适度提供给年轻男女们的夜生活里，那两家的儿子，乔治和吉姆无疑是最受姑娘瞩目的小伙子。乔治·谢里登总是与橄榄球俱乐部的一伙结伴成行，吉姆·法瑞尔呢，穿着昂贵讲究，两人的相似之处就是表情傲慢。镇上最漂亮的姑娘之一南希，正在与乔治约会，可没有人对这桩姻缘看好，因为南希只是一家熏肉店站柜台的女店员，家境又一般，不可能有多少陪嫁。乔治曾将他的同阶层朋友吉姆介绍给艾丽丝认识，可吉姆爱理不理的，连姐姐罗丝都感到受伤，她严正警告妹妹："以后都别走近那雅典娜神庙。"当艾丽丝在美国生活一年之后回到家乡，其时，她见过了纽约的世面，是大百货公司女内衣柜台的资深店员，并且在布鲁克林大学上夜校，再有一学年就能获得簿记员证书，有望晋职，她已是个成熟的女性，吉姆一反往昔，对她表示出热忱，依然对她有所吸引，差点儿动摇她重归布鲁克林的行程。想象一下，这些"小开"在镇上居民心目中的地位吧！

有生意继承的业主的儿子，可安居乐业，免受离乡背井之苦，除此，还有一种好命，就是像艾丽丝的姐姐罗丝，在大卫磨坊公司做职员。磨坊公司顾名思义是从事粮食加工运输的事务，看起来是董事会制，恩尼斯科西只是其中的分部，由股东之一、苏格兰的布朗先生司职，所以很可能是个跨国公司，规模相当可观。能够在那里工作，就等于进入小镇的上层社会。很显然，罗丝过着现代的生活，身为高尔夫球俱乐部成员，每年两次去往都柏林购物，年近三十还保持单身——无论出于什么理由，这种特立独行都得到镇民们格外的包容，人们心下都承认，像罗丝这样的女性，理所当然拥有不受传统拘泥的人生。但这样的机会非常有限，尽管罗丝也为妹妹设计了与她同样的道路，小说开头，艾丽丝就将读完职业会计学校的初级课程，可是大家都明白——"至少在目前的恩尼斯科西，无论资质多好，也找不到工作"。因此，凯莉小姐让艾丽丝来杂货铺打工，摆出一副施恩的态度，完全不以为会受到拒绝，事实上，艾丽丝也没有想到拒绝，可以看出小镇上就业形势的紧张。

如果不是罗丝的朋友弗拉德神父的帮助，将艾丽丝引入美国布鲁克林，艾丽丝也许就将在凯莉小姐的铺子里工作下去。勿论凯莉小姐态度如何，她的杂货铺可说是镇上的名店，出售的火腿、纯奶油、乳酪什么的都最好最新鲜，货色也最齐全，有许多尊贵的回头客光顾买卖。同样做店员，在凯莉小姐店里总也要有些荣誉感。再过几年，终究会有一个小伙子与她约会，不一定非是法瑞尔家的吉姆，家业不必那么殷实，许多平凡的男孩子都有着热情的好心肠呢！他们会恋爱，结婚，然后生儿育女，就像罗丝所不屑的那种老同学——"推着婴儿车过大街"。可艾丽丝并不以为这生活有什么不好，她不像姐姐心气高强，而是谦逊随和。她为姐姐骄傲，穿姐姐的旧衣服也感到很荣幸，可是这一切都在不期然间改变了。罗丝是在高尔夫俱乐部认识回家探亲的弗拉德神父的，据神父说，多年前他就与她们的父母相互知道，那时罗丝还是个小女孩，罗丝的母亲却没有想起来关于他的什么情况。她的思路先是从"弗拉德"这个姓氏进入，想到摩纳吉尔村附近有姓"弗拉德"的，却想不出有谁做了神父。等弗拉德神父说到他母亲是罗彻福德小镇上的人，她方才想到一个熟人，恰就是神父的舅舅，于是攀上了乡亲。乡下地方就是这样，世世代代的老户人家，盘根错节，牵丝攀藤，中国人的老话：人不亲土还亲。弗拉德神父对艾丽丝在杂货铺打工感到惋惜，因此大力推荐美国，说那里有许多发展的空间。艾丽丝的母亲认为美国固然是好，可是"太远了"，而且，"可能会很危险"。但当弗拉德神父表示他能够负责艾丽丝去美国布鲁克林，母亲和姐姐都没有提出反对意见。艾丽丝自己呢，她从来没有想过自己会去美国，小镇上的人外出都是去海峡对面的英国，想必也有人去了美国，因为会有从那里寄来的信件和邮包，来自一些曲里拐弯的亲友，叔叔阿姨什么的，却从未见一个真正的人出现。所以，艾丽丝就有了一个印象，那就是："那些生活在英国的镇上人怀念恩尼斯科西，而去美国的人都不想家。"当然，现在，弗拉德神父回来了，也是多年过去，"二战"以来头一次回故乡。

从这情形推断，小说里的时间应是在20世纪50年代，"二战"结束有一时了，但还不很久，因为战前和战后是人们日常衡量时间的一个坐标，艾丽丝到书店买书，老板说到她的老师是逃亡美国的德国犹太人，听起来也像是不远的事情。在布鲁克林寄宿公寓的餐桌上，来自爱尔兰的姑娘有时会谈起瓦勒拉，瓦勒拉是爱尔兰20世纪中期的政治领袖。就在艾丽丝初到巴尔托奇百货楼的那一年，公司诞生一项新举措，就是欢迎黑女人来店里消费，进入巴尔托奇内衣区的黑女人穿着仪态都相当优雅，非洲移民在美国形成中产阶级，走出黑人聚集的城中城哈莱姆区，却还没有完全突破种族壁垒，正是20世纪的50年代。

就这样，艾丽丝在20世纪50年代，离开家乡恩尼斯科西，前往纽约。

这故事不禁让人产生许多联想，最鲜明的莫过于德莱塞的《嘉莉妹妹》。同是女性，同是年轻未婚，同是离开家乡，独自上路，去往大城市，寻求发展。嘉莉妹妹可说是艾丽丝的异国前辈，她的出发整整提早七十年，路途则要近许多，只是从威斯康星州的家乡，去芝加哥投奔姐姐。小说开头就写道："一个十八岁的姑娘离家出门，她的遭际不外乎两种。不是碰到好人相助而好起来，就是迅即接受花花世界的道德标准而堕落下去。"简直是为验证这句话，艾丽丝横跨大西洋航程上的邂逅颇为不错，乔治娜，一个利物浦姑娘，三十多岁，看起来还没婚嫁，因为是单身往来，显得很自立。据称她每年回家探亲一次，所以对轮船上的装备和制度非常熟悉，旅行经验丰富，帮了艾丽丝大忙。更要紧的是，她为艾丽丝展示了都市女性形象："她的头发是亮棕色，发型是电影明星式的。步伐充满自信，点烟、吸烟、噘嘴、眯眼，以及从鼻孔里喷烟的动作，都使她相当有型，魅力无穷。"在此之前，艾丽丝见识过的职业女性只有罗丝，而乔治娜，显然有着比罗丝更为开阔的生活背景，也更具有魄力。很可贵的是，闯荡美利坚使她变得泼辣强悍的同时，并没有减损正直良善的秉性，她对艾丽丝很照顾，于是，这个爱尔兰乡下丫头的新大陆之旅，就有了一个温暖而且规矩的开端。

嘉莉妹妹就没有艾丽丝幸运了。在火车上，她也得识一名伴侣，一位先生，从事推销员的职业，这就有些暧昧了。推销员先生名叫查利·赫·杜洛埃，很赚得动，钱包挺鼓的，跑码头的生涯也开拓了世面，对女人有一定的鉴赏力，而且很大胆，推销这行当就是磨炼人的厚脸皮。那个年头，年轻姑娘独自出门应该比较少见，嘉莉妹妹恰巧又长得非常标致，且处在十分娇嫩的年龄阶段，很自然就吸引了他的目光。但是，纵然如此，倘若换一个人，比如是艾丽丝，也许不会让杜洛埃的搭识那么容易成功。时代当然是一个原因，艾丽丝时代的女性要独立得多，艾丽丝在职员学校里学习簿记课程，嘉莉妹妹学过没有？秉性也是一个原因，艾丽丝的爱尔兰格调要质朴得多，这就涉及出身背景了。艾丽丝的家庭虽称不上有什么渊源，却也是那镇上的旧人家，亲属间往来密切，由此保持着严谨的伦理规范。嘉莉妹妹家只是新移民，算到她不过三代，还未及繁衍族群的枝蔓，抓住根基。威斯康星是农业州，父亲在面粉厂做工，以此判断她家居住的哥伦比亚城不会太大，阶层亦在中下，至多算作小市民。哥伦比亚城距离芝加哥一百英里，蒸汽机火车几个小时路程，想来有不少人去往那里谋生，嘉莉妹妹这一趟出行，不就是探望姐姐敏妮吗？这样的小市民女儿大凡有着对大城市的幻想，却不免受到眼界的限制，于是，那幻想就是浅薄的，一个衣着光鲜、甜言蜜语的推销员，足够打动她的虚荣心。

二、百货公司

很有趣的是，当行程抵达目的地时，这两个不同时代不同国籍的女孩，都初步完成了一堂形象设计课。艾丽丝是在乔治娜的教导下进行的，乔治娜很现实地翻检了小旅伴的衣箱，应该说她确实很有见地，她没有挑新衣服，而是取了一条罗丝的连衣裙，比较有色彩，白底红花，其他的配件，围巾、皮鞋、毛衣，都是最平常普通的，就不会太像乡下人进城，有一句嘱咐很妙："大衣挂在胳膊上，要看起来像是知道自己有目的地。""知道自己有目的地"，意味着自信，坚定，是这城市的当然主人，而不是无头苍蝇一个。乔治娜帮艾丽丝化了妆，重整发型，"艾丽丝看着镜中的自己，十分惊讶，她年龄一下子变大了，几乎变漂亮了"。和乔治娜建设性的意见不同，嘉莉妹妹从她旅伴得到的教育，是否定式的，令她自惭形秽。杜洛埃先生并没有说什么，可他自己的装扮本身就是无声的批评，映衬出嘉莉妹妹一身寒酸，那么杜洛埃先生是什么样的穿戴呢？"他的衣服很惹眼"——方格花呢的三件头西服套装，白底粉红条子衬衫，雪白的硬领，花色领带，镀金镶玛瑙的袖纽，手指上好几个戒指，胸袋垂着金表链，锃亮的黄褐色皮鞋，灰色呢帽……听听就够瞧的了，正是乔治娜警戒艾丽丝的"花里胡哨"，19世纪新开埠的美国人可真是乡气啊！对于嘉莉妹妹，却足以充当都市生活第一课，从这里起步，嘉莉妹妹将继续接受教育。

从外省的小家碧玉，最终成为大都会的尤物，嘉莉妹妹是自学成才，换一个角度说，城市本身就是一所大学校。我想，这所大学校的课堂，就是百货大楼。法国作家爱弥尔·左拉的小说《女士乐园》，女主人公德尼丝带了两个弟弟从瑟堡家乡上巴黎投奔伯父，一宿夜车，然后走入蛛网密布的长街短巷，车马横流，人潮涌动，疲惫与惶惑中，却陡然被一幕场景照亮眼前，那就是"女士乐园"百货公司。百货公司赫然占去整整一个街角，大门高耸，两边各是半裸的女性雕像，托起招牌，墙面全部拓开为玻璃橱窗。大约正是甩卖的季节，临街的门廊里摆了摊，堆放着廉价货，门楼上也垂挂着各类织物。三个孩子沿着橱窗走去，每一具橱窗都是一个争奇斗艳的小世界，比如这一具："上面，斜放的雨伞好像乡村农舍的屋顶；下面，挂在三脚架上的丝袜显出浑圆的小腿形状，有的上面印着玫瑰花，还有的是各种颜色的，黑色镂空的，红色镶边的，肉色的仿佛金发女郎的光滑肌肤那样柔和；此外，在铺着绒布的货架上，对称地放着手指细长手掌窄小的拜占庭式女式手套……"周围上下全都簇拥着丝绸、缎子、丝绒、绢带、花边、刺绣、天鹅绒、细羊毛……"女士乐园"这名字起得真好，它标明女性是城市消费的主体，有朝一日，还将成为城市的主人。更令人惊奇的是，这些华丽无比的货色竟然比通常铺子里来得便宜。这就是大规模组织零售的奥秘了，代价是小零售商大批破产倒闭，就像德尼丝的伯父，几代经营埃尔伯夫呢绒和法兰绒的老店，而德尼丝最后则登上"女士乐园"的部门管理层，并且与老板喜结良缘。

百货公司这样的销售与购买模式，特别合美国人粗犷的胃口，丹尼尔·布尔斯廷在《美国人：民主历程》中将其命名为"消费者之宫"，他写道："尽管百货公司不是美国人的发明，但它却在美国星罗棋布，其兴旺程度超过了其他国家。"百货公司也可说是资本主义民主制度的体现，还是用丹尼尔·布尔斯廷的话说："新的百货公司与旧世界各国卖单一商品的豪华商店不同，它们像宫殿一样宏伟，但同时又对平民开放，欢迎大众光顾。"所以，"女士乐园"在德尼丝的命运中可视作一个象征，虽然历尽艰辛，但也正说明它没有阶级的壁垒，只要付出劳动与才智，终能取得准入许可。艾丽丝工作的巴尔托奇百货公司，作为销售的策略，主动邀请黑女人入内消费。当寄宿舍的女孩们纷纷表示不屑，宣称从此远离巴尔托奇，厚道如艾丽丝竟不无势利地反唇相讥："你和你的朋友，衣着风格很出名，特别是穿抽丝的长筒袜和起球的旧毛衣。"一场南北战争尚没有彻底消灭的种族矛盾，在这里和平过渡了。

嘉莉妹妹初到芝加哥的时候，正在百货公司蓬勃兴起之际，小说写道："美国最早的三家，是1884年左右创立的，就在芝加哥。"像嘉莉妹妹这样年轻漂亮的女孩子，很自然地，人们建议她去百货公司谋一个女店员的职位。事实上，对于"女店员"来说，她还嫌太嫩了，这地方有的是漂亮时髦而且成熟的女孩，所以，结果她只能在制鞋厂做女工。可是，她已经见识过百货公司了，她在柜台之间穿行，视野里的景象和法国的德尼丝差不多："精致的拖鞋和长筒袜子，优美的绲边衬衫和衬裙，花边、缎带、发梳、荷包……带扣的闪光、宝石的光泽、波纹绸缎的淡雅的色彩……"满坑满谷的奢侈品对人的折磨在于，它与你并非遥不可及，就像方才说的，阶级的壁垒拆除了，没有跨越不过的障碍，相反，唾手可得，只需要小小的一点代价。比如，少交给姐姐几块钱生活费，就够买一顶漂亮的呢帽。可是，面对汹涌澎湃的漂亮东西，这蚂蚁搬家似的屑粒塞牙缝都不够。那么再豁出去些，委身于某个人物，一个推销员的钱袋足够供给外来妹的消费了。她买了多少东西啊！一件小巧精致的外套，时兴的鞋子、裙子、衬衫、手套、长筒丝袜……很快，在他们同居的公寓里，就积蓄起一壁橱的衣物。难免地，嘉莉妹妹也会生出道德的焦虑，想到人们会对她如此生活抱什么样的态度，可是只消一个念头："我有漂亮的衣服"，"衣服把我打扮得这么俏丽"，心情就平静下来。

倘若日子从此就这么过下去，渐渐趋向安稳，也许总有一天，推销员杜洛埃会正式娶了她，生儿育女，做成一户规矩的人家。可是那就不是嘉莉妹妹，芝加哥也不成其为大学校。既然上了这所学校，就必须逐年升级，方才对得起缴付的学费，何况嘉莉妹妹是一个好学生，善于汲取，然后去芜存精，扬弃地继承，连自己都没有意识到，她很快就超过了她的低年级老师杜洛埃。有时候，杜洛埃会惊喜地发现嘉莉妹妹的进步，他天真地说："我觉得你神气起来了。"他只是看得见现象，却完全不了解本质。汉南-霍格酒店的经理赫斯渥先生则是伯乐一样的人物，他一搭眼便明白，杜洛埃比不上她，这姑娘有着特殊的才情，不可小视。即便如赫斯渥精明圆滑，洞察世事，嘉莉妹妹的发展也是他始料未及的，何止是杜洛埃，甚至于他，赫斯渥，都将被远远地抛在身后。

艾丽丝是好命的，由于弗拉德神父的人脉，一上来，她就在巴尔托奇百货公司做了店员。20世纪50年代的美国，已经走出资本的草创阶段，体制成熟，人和事都文明多了。艾丽丝上班第一天，就受到礼貌的接待。总管弗提尼小姐耐心地教给她各种细节，完全不像20世纪巴黎的"女士乐园"中，新来的人在排斥挤对之下挣扎，因收入与销售额直接挂钩，于是倾轧便格外激烈。势利的风气四处弥漫，有钱的主顾得到近乎谄媚的服务，小生意的遭遇则是冷淡的，华丽优雅的外表后面其实是一个野蛮社会。巴尔托奇的运营理念截然不同，正如店长向艾丽丝介绍的："我们欢迎每一位走进商店的人。他们都有钱要花。我们保持价格低廉，服务优质。如果大家喜欢这里，他们就会当回头客。你要把顾客当新朋友一样看待。"接下去，店长又进一步说："唯一能让顾客高兴的方法是工作人员得先高兴起来。"所以，工作的时间合乎情理，加夜班有额外的报酬，在本店买东西可享受折扣。后来，艾丽丝犯了思乡病，情绪沮丧，立刻引起总管弗提尼小姐的关切，她将艾丽丝带到休息室，让她喝水，吃三明治，安抚她镇定下来。同时，迅速与店长和老板通报，再与她的推荐人弗拉德神父联系，而弗拉德神父立即赶到现场，制订出一套方案，试图帮助艾丽丝在异乡生活。一切停当之后，弗提尼小姐温和地告诫道："在这种状态下来工作，还带着这种表情。哦，你惹恼了巴尔托奇先生，他不会忘记的。"弗拉德神父的意思也差不多，他请求让艾丽丝提早下班，"但明天早晨要带着灿烂的微笑准时上班"。事实上，商业原则的严格性始终没有松弛，甚至更为紧张了，但不管怎么说，工作总是好受了许多。就像机器代替人工，剩余价值更大幅度地集中于少数人手里，但劳动却是人道的。

相隔一个世纪之久，百货公司有些场景依然定期上演，那就是展销会。"女士乐园"里："密密层层的一大群脑袋在走廊下面滚动着，好像泛滥的河水向大厅中央漫去。"还有一句描写也很好："除了这一片叽叽喳喳做生意的声音外，什么都听不到了，所能感觉到的就是庞大的巴黎在无限量地不断提供着女买主。"巴尔托奇的一幕更加戏剧性，连本店职员都蒙在鼓里，某天一早，橱窗里挂满横幅，写着"名牌尼龙服装特卖"！这是由老板亲自督办，决心要给全布鲁克林人民一个大惊喜。店员们就好像在庄稼地里摘棉花，一人一个大口袋，钱收进来直接就投入囊中。规矩是不找零，顾客们也都知道，事先备好了零钱，一手交钱，一手交货。老板左右穿行，将店员袋子里的钱倒入他的更大的帆布袋中。员工的午餐时间取消了，但允许每人两次来休息室喝水和吃免费三明治。真是轰轰烈烈。显然，特销的策略设计更加科学，更有效率，一方面广种薄收，另一方面是加大动力，以惯性将滞销商品一并推出去，清除仓位。

相比嘉莉妹妹与德尼丝的时代，艾丽丝这一个显然更具有理性，时代中的人也比较镇定自若。同住一间寄宿舍的女孩热衷于对这个新来的提批评和建议，艾丽丝都能够持客观的态度。再说了，她也不像嘉莉妹妹手头紧，所以不那么饥渴，心理上从容得多，就有一定的抵抗力。纽约也是一所大学校，所有的大城市都是大学校，艾丽丝也在学习，但她是一个有主意的学生，又可说是在教育的最核心部分 —— 百货公司。她头一回经手成交的商品，是一件叫作"抹胸"的小东西，她暗暗记下这名称和款式，决定向同宿舍的女伴请教。中午，她迅速吃完便餐，省出时间去逛其他商店。同一条大街上最豪华的一所"鲁曼店"，她发现那里比巴尔托奇更漂亮，而且，也是令人惊讶的，价格似乎还更低廉，于是，生意就更兴隆……和嘉莉妹妹飞跃式的进步不同，艾丽丝是在无所觉察中蜕变。时过不久的一天，寄宿舍的姑娘们一同去参加教区举行的慈善募捐舞会，艾丽丝发现自己的衣箱里没什么可穿的，连姐姐罗丝帮她买的裙子——曾经她可是无比崇拜罗丝的审美眼光，可是这会儿却不同了——"看起来也糟透了"。她决定要添置新衣服，谁可以为她出谋划策呢？她在美国的交际就只几个同宿舍的女伴，其中两个过分摩登花哨，另两个又过于正经，都不合她的品位，看，纽约就是那么卓有成效地培养起品位来了。艾丽丝和嘉莉妹妹显然趣味不同，嘉莉趋向潮流，艾丽丝略微保守，可是自有格调，两人的聪明才智则不相上下，都能领会时尚之精髓，然后加以变通，独树一帜。

区别还是在时代。嘉莉妹妹没有受过教育，一个面粉厂的工人，至多让女儿识几个字罢了，养她到适婚年龄嫁一个同阶层的男人，生儿育女，希望并不是说没有，但要寄托于耐心的等待。敏妮的丈夫汉生不是已经在芝加哥西区远处定购了地皮，打算有朝一日造一所自己的大房子吗？这个抱负倒很接近艾丽丝后来的男朋友托尼，托尼的地皮买在长岛，而艾丽丝对这样的人生却不像嘉莉那么反感与不屑。这不只是因为爱尔兰人的天主教背景，相信幸福来自正当的劳动，像嘉莉妹妹这样不过二三代的移民家庭，无一不继承清教徒传统，但离开本土，观念的维系多少是松弛了；也不只是艾丽丝接受过普及性的中等教育，具备女性独立自主意识，应该说，嘉莉妹妹同样是凭个人奋斗，白手起家，最终得以立足，只是所具条件不同，付出代价就也不同；大约还是因为汉生的计划实在过于渺茫，而托尼的却是现实可待，有了可以企及的目标，就不必另辟蹊径，幻想辛德瑞拉的白日梦了。当然，作为虚构的小说，个体的原因终究是决定性要素，嘉莉妹妹是那种有着强烈欲望的女孩，艾丽丝呢？一切都是在可控范围。有性格的原因，也有社会的原因，资本社会发展到此，已顺理成章，在蛮荒时期的道德透支之后，渐渐走上合法性的正途，道德复又严谨起来。在此，个体的特殊性不禁又归回普遍性的条件，依然是社会的因素在起作用。也就是说，每个社会都有自己的典型形象。

《布鲁克林》里有一个场景富有意味，就是艾丽丝与托尼计划去海滨游玩，需要置办泳衣。弗提尼小姐从她朋友服务的商场取来几件样品给艾丽丝挑选，那里的泳衣比巴尔托奇的更有品质，等到打烊，客人散尽，员工也回家了，弗提尼小姐便帮助艾丽丝试穿。整座大楼都安静下来，只这试衣间亮着灯，艾丽丝换上泳衣，弗提尼小姐前后左右审视，用手检查皮筋的松紧弹性。这情景有些色情，不是说这两位之间要发生什么，而是一种肉体与性别本身所散发出来的欲念。很快，试好泳衣，选中其中一件，穿上衣服，关了店里的灯，她们出去了。

三、戏院

嘉莉妹妹投奔的姐姐家，很容易让人想到根据田纳西·威廉斯的剧本改编成的电影《欲望号街车》里，布兰奇投奔的妹妹家。前者在中部芝加哥，后者在南方的新奥尔良，但都是工人居住区，胼手胝足挣饭吃的生涯。嘉莉的姐夫汉生家是瑞典移民，布兰奇的妹夫斯坦利是波兰人，民族性不同，但出于贫寒的境遇，同样对前来寄居的亲戚抱着警觉的态度，生怕她们依附上来，使已经不堪重负的生计再添上一份压力。斯坦利表现得相当直接露骨，汉生则要谨慎得多，因而就显得更加冷淡——这样持重的人，对未来有着现实的规划，作为一家之主，是可倚靠的，不像斯坦利，缺乏控制力，任意胡来，却也有一种粗鄙的风趣。嘉莉妹妹来到芝加哥，满心里都是对大城市的好奇，自然要出去走走看看，汉生推荐的观光路线是富兰克林街，因为那里有许多大工厂，征用大量的女工。他认为，挣钱养活自己才是正道。当妻妹提议看戏，并且慷慨地表示她来请客，姐夫即便没说什么，态度却很明显："这可不是我们想干的事。"汉生并非不谙人情，相反，他其实是个明白人，只是，眼前这个姑娘超出了他的常识——"他在想年轻的姑娘往往会醉心于充满虚荣和挥霍的生涯，可是弄不懂嘉莉眼前手边还一无所有，怎么会考虑到走这条道路。"事实上，他的疑虑正好指向了嘉莉命运的症结，那就是，欲望的超前性。

嘉莉来到芝加哥之前，在她家乡的小城里，一定就听说了"约各布戏院"这个地方，想着进去看一场戏。其时，坐在制鞋工厂，昏暗的灯光，空气中满是皮革的气味，单调的操作无穷尽地重复，让人恶心想吐，女工和男工的粗口，大胆放肆的骚扰——那戏院不就只隔了几条街嘛，反倒变得遥不可及，于是更加衬托出她处境的悲惨。可巧，她与杜洛埃又一次邂逅，命运总是对漂亮女孩格外关照，推销员邀请道："你何不留在市区，跟我一起去看戏？"但此时还不行，她刚丢了工作，急需再找一个，否则就不能在姐夫家住下去，晚上还不能太迟回家，姐姐姐夫要询问，再说了，她穿得那么寒碜……看来，去戏院不只是看一场戏那么简单，它涉及许多问题，很像中国寓言，一条腰带的故事。一个穷人拾得一条华丽的腰带，为了与它相配，不得不添置新衣新袍、新鞋新袜，继而买车买奴，结果卖房典妻，彻底破产。杜洛埃见多识广，当然非常了解这一切，他说："现在，我来告诉你我们怎么办吧。我们到施莱辛格-迈耶公司去，你去选购你想要的东西。然后，我们去替你找一间房子，你可以把东西放在那里。然后我们晚上去看场戏。"就这样，看戏的条件都配备齐了，而生活也因此变成另一个样子。

又是巧极了，嘉莉的新居所里，与她相邻的住户中间，就有着一位戏院的职员，这样的身份，再加上另一户，铁路公司司库的妻女，母亲陪女儿在芝加哥学习音乐，于是时时有钢琴声叮咚响起……事实上呢，作者很冷静地写道："他们这种人在今天的美国是非常普遍的，生活能很体面地过得去。"仅此而已，然而，在嘉莉无疑就是罗曼蒂克。和福楼拜的《包法利夫人》有些像呢！小布尔乔亚的浪漫主义，总是和物欲联系在一起。在工业革命中积蓄起财富的新生阶层，引导的高尚人生想象，跑不脱物质的诱惑，是浅薄也是天真，还是实事求是。包法利夫人，也就是爱玛，她勇敢追求爱情，与几任情人都演出了激动人心的戏剧，为了与这浪漫剧匹配，她不惜负债累累添置行头，那都是巴黎最先进的流行，最终，被讨债人追得走投无路。当她厚着脸皮走入昔日旧好家中告贷，人家可不念什么旧情，照样让她坐冷板凳，她忍不住抬头打量四下里华丽的壁饰、名贵的画作、彩色玻璃、镶木地板、气派的家具、银餐具，从心底发出一个声音："我想要的不就是这么一间餐厅吗？"这句心里话可说是对人生理想的一句总结，尘埃落定，终于明白自己要的是什么。也是差不多的情形——"晚上，钢琴边安着有红灯罩的高高的钢琴灯，在它玫瑰色的灯光下，司库的女儿在弹琴、唱歌，这时嘉莉发现并感到了她梦寐以求的东西。"

嘉莉离开工人区的姐姐家——这意味她走入与姐姐完全不同的人生，也是和制鞋工厂的姑娘不同的人生，颇有戏剧性的是，事后她还遇见过那里的女工，相互打量一眼，然后擦肩而过，"嘉莉觉得她们之间好像已隔了一条鸿沟"。住进杜洛埃租下的公寓，填满了衣柜，上戏院的准备全部就绪，而此时，进戏院却是不足挂齿的小事一桩，可以想象，看戏已是嘉莉的日常生活，不知道去过多少回了。有趣的是，当汉南-霍格酒店的经理，身份、阶层与财富远比杜洛埃显贵的赫斯渥先生被嘉莉吸引，计划接近她的时候，所提出的建议，也是看戏。当然，这一回邀请具有更隆重的形式，经理先生写了一封措辞讲究的请柬，这也意味着，嘉莉妹妹更上一个阶层，她不再是那个无着无落的外来妹，由着杜洛埃直接从街上带走。这晚的戏是当红名角出场，戏码又是角儿的绝活，赫斯渥还定了一个包厢，戏院更为华丽，做东的人也更有风度。

戏院是一个真假难辨的空间，它将梦想与现实两下里混淆，生活由此而变得暧昧起来。《包法利夫人》也曾写到爱玛与丈夫在戏院里看戏："这时，乐池的烛光亮了起来；天花板垂下的枝形吊灯，水晶切面熠熠闪亮，把光线洒向大厅，剧场顿时平添了一种欢乐的气氛。"乐声中大幕启开，呈现出一片林中空地，花仙子似乎就要来到……爱玛是那种最优秀的观众，她的思想感情紧紧跟随剧情，把自己当成其中的女主角，几乎是亲历着爱恨情仇，终于，她身体力行，将戏剧实现在生活中了。戏院这东西，真是会移性的，嘉莉妹妹到底是美国人，又是市民的女儿，她更务实也泼辣得多，她比爱玛头脑冷静，虽然同是戏院爱好者，但不那么容易受蒙蔽，而是能够分辨虚实，那么，如何在虚实间进出往来呢？作者为她设计创造了一个极佳的机会，那就是演戏。一开始，就像是一处闲笔，不过是杜洛埃所在的当地工商联组织"麇鹿会"，举办联谊活动，策划排演一出戏，《煤气灯下》，派给杜洛埃的活是找一个女演员，百觅不得之下，他就动员嘉莉去担任，她不是那么喜欢戏院、看戏一类的事情吗？说不定有着表演的潜质呢。看起来是刻意安排的，嘉莉分到的角色是一个小偷儿，被慈悲心肠的贵夫人从街上拾回家，调教成一个美丽的淑女，正当要缔结良缘，流言在城里蔓延开了……嘉莉对人物的处境深有同感，这帮助了她顺利进入剧情，作为业余的演出，可说是获得相当的成功。尽管如此，倘若不是后来的故事，一次行业同盟的余兴节目又能说明什么问题？然而，一个善讲故事的人，不会轻易挥洒情节，同时呢，也不会透露出心机。事情就这样在王顾左右而言他之中进行，达到嬗变。后来，到了纽约，经历一系列变故之后，嘉莉妹妹真的进入百老汇演艺圈，做成一名女演员。美国的故事就是这么富有传奇性！但"戏院"的重要性不止于此。"麋鹿会"演出的晚上——作者这么写道："这位小演员战战兢兢地走进她的化妆室，开始她焦急地等待着化妆，好把她这么一个普通的姑娘变成罗拉，一个社交界的美女。"这简直就是魔术，但奇妙的是，化妆室，这魔术的内心竟然是一颗平常心："它完全不同于那些高大壮丽的府第，它们凛然挥手不许她接近，只许她敬而远之，眼前的景象却和善地握住了她的手，好像在说：'亲人儿，进来吧。'"这句召唤大有深意，传奇自此有了人径。

"戏院"这念头在艾丽丝，有都不曾有过。看起来倒不像出于保守的偏见，艾丽丝的时代明摆着大大地进步和开放，戏院算不上什么过奢的享受，她的家乡小镇恩尼斯科西不是有"雅典娜神庙"吗？更可能是个人的兴趣爱好。艾丽丝犯了思乡病之后，她的工余时间被弗拉德神父安排为两个部分，宗教活动和职业技能进修。前一部分就要涉及爱尔兰这个移民群体。爱尔兰人多是来自乡村，宗族亲属是人们依存生活的社会关系，因此乡情浓厚，身处异域，就更加需要互助联合，我想，大约有些接近海外的中国温州人。对于笃信天主教的爱尔兰人，教会无疑是最具有凝聚力的机构组织，比如，前边说过，教堂定期举办的慈善募捐舞会，还有更加盛大的无家可归者的圣诞晚餐——"只要路过的人，无论信仰和国籍，都会在上帝的名义下受到欢迎"。事实上，来的人多是爱尔兰人。

教堂里的圣诞夜描写得质朴又温馨，大殿里摆开长条餐桌，厨房里锅开鼎沸，烤箱里烘焙着火鸡，灶上炖着蔬菜，黑啤酒瓶接二连三打开，泡沫飞溅，一派热火朝天。来的人大多穷困潦倒，显然过得不怎么如意，却让艾丽丝想起她的乡人。当他们对着上菜流露出羞涩的笑意时，她就好像看见了自己的父兄。有一个人格外引起艾丽丝的同情，很奇怪地，她与他之间有一种默契，她竟将他当成已经去世的父亲，他呢，可能将艾丽丝当作女儿了。弗拉德神父告诉她，这一位曾经是一名歌星，所谓歌星其实只是录制过唱片而已，此时和在座的所有人一样落魄。可是，他唱起歌来可不得了，像仙乐一般。他握着艾丽丝的手，用爱尔兰语唱道："如果你将是我的是我的，哦心肝宝贝。"艾丽丝的夜生活就是这样，另有一种激动人心，来自现实生活。眼前这些人，全都显现出挫败的阅历，没有人生的梦想，只有记忆中的家乡，抚慰疲惫的身心。

弗拉德神父为艾丽丝设计的另一个安排，则关系到前途和理想。平凡老实如艾丽丝，也是有理想的，那就是坐办公室，担任一名管理人员，用今天的话说，做一个白领。弗拉德神父带艾丽丝前来巴尔托奇应工的那回，就特地领她参观办公室，神父说："他们当中很多人开始时和你一样，在营业区做事。他们上夜班，学习，而现在都在办公室了。"目标是现实的，努力也是切实可行的，不像嘉莉初到芝加哥求职时，也想坐办公室来着，却被视为痴心妄想，当然，她自己也没做好准备。如今，对于艾丽丝，总之是，脚踏实地，走向幸福的明天。那幸福也不见得辉煌灿烂，却是一份正当安稳的可以握在手中的人生。等艾丽丝将营业区的活儿对付下来了，就着手实施进取的计划。弗拉德神父为她在布鲁克林大学申请了簿记和初级会计的夜校课程，特别强调，她是那里第一个爱尔兰女生。这使我想起，20 世纪 80 年代在美国欧洲，遇到华人子女，他们常常会说这样的话，不想再操父辈的营生，开餐馆和洗衣店。看起来，移民群体都会在某一个阶段进入阶层的更替中。艾丽丝的学习生活，有一个细节值得注意，那就是去曼哈顿买参考书。

艾丽丝向同宿舍的女伴请教去曼哈顿的路线，"她们把地图在餐桌上平铺展开给她看，吃惊地发现艾丽丝从没去过曼哈顿"。嘉莉妹妹被赫斯渥挟持到纽约，可是一下子就在中央公园近处的七十八街上驻扎下来了，曼哈顿很快赢得了她的心——"这里的清新气氛，更加热闹的大道和突出的互不关心，给了她强烈的印象"。嘉莉妹妹确实有着对城市的敏感，她可说抓住了纽约的性格。艾丽丝呢，她也有着很好的直觉，走出地铁口，感到"更为干冷，风也更猛"，然后看到"这里灯红酒绿，有更多五光十色的店面，人们衣着也更为讲究"，结论是相当客观的："布鲁克林给她的感觉是沉闷阴郁的，这儿要好一些。"很明显，艾丽丝不像嘉莉妹妹对曼哈顿有热情，而且为了寻找书店，她很快走入常言所道的大墙背后——"看到满街都是肮脏的店铺和潦倒的人"，所以她觉得，还是布鲁克林更好一些。虽然只是惊鸿一瞥，却已经窥见曼哈顿，这大都会心脏的端底。艾丽丝不喜欢的其实正是嘉莉的喜欢，在那藏污纳垢之中，隐藏着许多生存发展的良机。

当艾丽丝找到书店，找到老师推荐的参考书，并且从老板那里得知老师是德国犹太人，大战中逃亡到美国，方才捡了一条命。就这样，纽约这地方，藏得下战争难民，也可让赫斯渥那样犯了行规又偷情的人栖身。不过，艾丽丝所生活的20世纪50年代，社会已经整顿了秩序，她可不必涉入嘉莉式的冒险人生，但从另一方面说，生活也缺少了传奇性。

戏院这地方，在艾丽丝时代算不上什么过奢的享受，当然，并不是说它没有象征性，戏院的象征性资源可说取之不尽。法国著名女作家西蒙娜·德·波伏瓦的小说《女客》，开头第一节就是剧场，女主人公弗朗索瓦兹穿过观众席，走上舞台，再到后台以及后台的院子，没有戏剧上演的剧场是最荒凉的空间，她独自穿行其间，似乎是要体验和证明 —— "她拥有这种权力：她的存在能使事物摆脱无意识状态，她赋予它们色彩和气味。"在此，它指涉着一个知识分子的精神实验，从无到有再遁于无形的爱情乌托邦，是另一个梦想，远不是嘉莉和爱玛那样具有阶级性的典型意义。《女客》是波伏瓦出版于 1943 年的处女作，她应是艾丽丝的同时代人，这时候，戏院的符号功能已经蜕变，大约，这也是它没有在艾丽丝的经历中出现的原因。

四、男人们

年轻姑娘出门在外，结识异性再自然不过，嘉莉妹妹方一离家，在火车上就邂逅了杜洛埃。一个推销员的罗曼蒂克，终有些变了味的。在法国的包法利夫人，她的情欲最后堕落到书记员莱昂的身上，就已经相当不堪，而书记员好歹还算是公务员，是国家机器上的一颗螺丝钉。推销员，其实就是个打工仔，凭脚劲和如簧巧舌挣饭吃，谈不上一点家世背景，也谈不上受什么教育，这就是嘉莉妹妹罗曼史的开端。事实上，嘉莉从来没有对杜洛埃产生过爱情，只是杜洛埃代表的都市生活具有爱情的标志。漂亮的衣着、奢侈的大餐、温暖舒适的公寓、充满奇情色彩的戏院，还有那些交际、舞会，乘马车驰过大街，这华丽的派头在一个外省姑娘眼睛里，闪耀着光辉，抵得上爱情的旖旎。所以，对杜洛埃，嘉莉是怀着类似于爱的情感。尤其是当她身无分文，只能在制鞋或者制衣工厂埋头苦做来挣饭吃，生活的剩余享受更像是有着一种精神价值似的。嘉莉离开姐姐家的当晚，姐姐敏妮就做了一个不祥的梦，梦见妹妹掉进无底的大黑洞，再明显不过就是堕落的意思了。毋庸置疑，这是一步险着，委身于一个人却没有保障。德莱塞的另一部小说《珍妮姑娘》不就是这样不幸的结局？张爱玲的小说《倾城之恋》中，白流苏和范柳原使出太极功夫，不就是预防落入陷阱，然后又要绝处逢生吗？幸好时局助她一把力，方才走出命运的窠臼。起初，嘉莉妹妹也是期待杜洛埃正式娶她，做一个名正言顺的主妇，杜洛埃呢，则是连哄带骗，开出无数空头支票，一个劲地拖延，而结果却证明杜洛埃大错特错，真的如赫斯渥慧眼所见，他远比不上嘉莉，一个推销员的才情终究是有限的。

作家总是钟情那些特殊的性格，就好像上帝选择他的臣民，好降于重大使命。杜洛埃只是嘉莉妹妹人生的起步，应当说，他尽到了一个启蒙者的职责，给嘉莉最初的教育，将她培养成一个都市的尤物，但他低估了他学生的潜能。早说过，嘉莉的时代不比艾丽丝，女性活动的范围极有限，自主性极其脆弱，而嘉莉就是能够化被动为主动，挣出手脚，最终独立于世。

当赫斯渥与嘉莉的私情暴露于光天化日，嘉莉的态度十分强硬，她没有一点认错的表示，也不肯接受杜洛埃的原谅。与杜洛埃分手，她身边没几个子儿，却也没有想到去求告赫斯渥，到底是苦人家出身，自有一种骨气。她再一次走出门去寻找工作，但这一回不是去工厂间，而是去戏院，她不是已经积攒了一些些表演的履历了？城市生活正在一点一滴地培养着嘉莉，杜洛埃不过是命运选择的手，现在使用完了，不需要了，要有新的人选上场。嘉莉外出觅工的时候，他回过一次公寓，心下打算着，倘若嘉莉略微服一下软，还可以有别种做法，可公寓里没有人。

此时此刻，赫斯渥也正遭受着妻女的责罚。这个中年人，被情欲冲昏头脑，就像巴尔扎克小说《贝姨》中的那个于洛男爵。这位拿破仑帝国时代军内任职的男爵，身世颇为可疑，或许这里面真有什么隐情，所以他对门第不怎么讲究，娶了平民家的姑娘为妻，引来穷亲戚贝姨。她凭了孚日山区农家女的蛮劲，加上市井中濡染的无赖气，在于洛家中酝酿成功一场资产阶级民主革命。这场革命以内部腐蚀的方式，完成阶层的轮替、权力的转换。巴尔扎克，福楼拜，新大陆后起的德莱塞，都是描写资产阶级的巨匠。工业革命在浪漫主义作家雨果笔下，呈现出雄伟的景象，《九三年》中，"巨剑号"上突然发生意外，一门重弹大炮挣脱锁链，在甲板上滚动撞击。那门大炮就像是有生命的兽类，无所制约，几有排山倒海之势，这一节写得汪洋恣肆——"物质完全自由了，这个永恒的奴隶似乎在报复。""这个狂暴的庞然大物像豹一样跳跃，像大象一样沉重，像老鼠一样灵巧，像斧子一样坚决，像涌浪一样出其不意，像闪电一样骤然，像坟墓一样充耳不闻。"这是什么样的力量？好比岩浆冲破地壳，是大自然在上帝之后，被又一双手开发出能量。雨果已经预见到旧世界毁灭的地声，至于毁灭中降生的那个新世界，就交由现实主义作家去批判了。批判现实主义大约是资产阶级时代给文学的最优秀的贡献，它们客观冷静地解析了这个建立在物质——就是雨果说的"物质完全自由了"的那个"物质"基础上的社会存在，但遗憾的是，文学的热情浪漫的性格也随之遁去。

　　话说回到于洛男爵，他的家庭最后彻底沦为市侩的天下，就像赫斯渥他们家。被物欲紧紧攫住，互相谋利，所有的成员都比赛似的花钱，不仅是财富，还有亲情，都被疾速地挥霍、消耗。于洛男爵与赫斯渥，看起来是被盘剥的可怜虫，事实上，他们的爱好更昂贵，那就是为情欲买单。单凭迟暮的精神体力，如何购买得起青春色相，被榨干了也是活该。随着于洛男爵的钱袋子越来越瘪，他不得不降低消费，包养的情妇从贵族落到资产阶级，又再落到无产阶级 —— 缝补花边的女工，接下来是流亡无产者烟花女子，最后，夫人死后，再娶的是厨子的下手，诺曼底乡下丫头。小说中那个化妆品商人克勒维尔对他自己的糜烂生活说过一句话，也可用作于洛男爵的注释，那就是："我这个人喝过大革命的奶。"多么精彩啊！大革命诞下了这些资产阶级的蛋，一代一代繁衍下来。

赫斯渥卷了公司的钱财，带着嘉莉来到纽约，嘉莉完全不知情，她不明白赫斯渥究竟做了什么，又要把她怎么办。但嘉莉妹妹是那样一种女性，作者有一句话说得很对："凡是时运所赐的事物，她总是竭诚接受的。"她就是能够顺势而行。仓促中离开芝加哥，来到纽约，并不是她本人的意志，可是怎么办呢？就好像上了贼船，一条温柔的贼船，开往前途叵测的港口。关于纽约，她知道的是，那里有着许多戏院、剧团、演出的舞台、做女演员的机会。当她与杜洛埃决裂，往剧院觅工的时候，人们告诉过她的。一旦来到，且是在这样紧迫的事态下来到，衣食住行等等细节不免遮蔽了这城市的传奇性，她被日常生活淹没了。这暂时的耽搁并不会误什么事，相反，让嘉莉妹妹做足准备，她其实是在了纽约的芯子里，一点一点拓开缝隙，向外走去。

学习还是从最近处开始，那就是邻居，万斯太太。万斯太太出身俄亥俄州乡镇医生家庭，听起来有些像法国包法利医生的女儿——倘若包法利的女儿长大了，性情随她的母亲包法利夫人，不太安分。万斯太太十七岁时和男朋友私奔，正当初恋即将告终之际，遇到了万斯先生，一家大烟草公司的秘书——美国的浪漫史总有点令人扫兴，白马王子不是推销员，就是公司职员，至多是个酒店经理。烟草公司总部设在纽约，于是她便来到这里住下。有了万斯太太的引领，就算有了入纽约的门。万斯太太带嘉莉去哪里？毋庸置疑，还是戏院。那百老汇路，可说万种风情集于一身，时尚，风潮，红男绿女，风流韵事的始末……作者特别提到一首流行歌曲，不说歌词，单看歌名就明白了：《他有什么权利待在百老汇路上！》。走过百老汇路，看完日场戏，嘉莉妹妹又沉湎于伤感的情绪中，每一次伤感情绪袭来，都预示着一次嬗变降临。无论杜洛埃，还是伯乐如赫斯渥，都谙不透其中奥秘，一方面是由于男性天然的愚钝，另一方面也是盲目自大，将嘉莉收为囊中物之后，他们便高枕无忧，因此松懈努力，停止了上进。而嘉莉妹妹却一直保持着活力，她超过一个，又超过一个，城市生活则不断为她助力加油。

这时候，一个新的人物出现了。艾姆斯，万斯太太的表弟，来自印第安纳波利斯，在一家电气公司工作。这个年轻人长相俊朗，气质朴素，一无都会的浮华习气，对于表姐奢华的款待流露出反感，所以还有一点保守，而且，对嘉莉没有异性通常会生出的兴趣，那是多少带着邪念的——艾姆斯这个人物实在令人惊讶，他完全脱离了嘉莉先前一股劲向前去的轨迹，杜洛埃之后是赫斯渥，之后似乎明摆着该是个更为豪华的人物：阶层更高，钱袋子更鼓，眼光更开放，更加引领时尚。然而，艾姆斯却是个外省的电气工程师，他以什么样的魅力打动了嘉莉？他使嘉莉想到另一种生活，或者说，是嘉莉也有可能涉入的另一种命运。在物质之外的，不以消费为目的，正直、健康，就像艾姆斯的表情，没有一点道德的负担，因而显得清新和坦然。可是，贫困把她吓坏了。与艾姆斯认识的那天晚上，她深受触动："穿过希望和矛盾的欲望的迷雾，她开始看清了。啊，这无数的希望和怜惜 —— 无数的忧伤和苦痛。"

这很像是《包法利夫人》中，爱玛收到父亲写来的信那一节，父亲的信那么亲切，怀着近乎谦卑的爱，令人无法不动容："一次次的心灵遭际，一次次的境遇变迁，从少女到少妇，从少妇到情妇，那些美好的时光已经让她糜费殆尽了；——她沿着生命的历程一路失去它们，就如一个旅客把钱财撒在沿途的一家家客栈里。"

女性真是一种善于反思的动物，这种反思的能力不是来自知识和学习，而是来自感情。她们拥有多少倍于男性的感情，这也许与狭隘的处境有关，在处处掣肘、动辄得咎的生活里，她们能做的，就是想啊想的。艾姆斯的出现，很难说在什么程度上改变嘉莉的人生，但是，无疑地，他提升了嘉莉的格调，如小说中所写："她已有了一个理想的典型，可以把男人们与之做对比 —— 特别是把身边的男人们与之做对比。"换句话说，嘉莉再一次打开眼界，就好像量变达到质变，艾姆斯与前几个男人具有本质上的区别。后来，她还有机会与艾姆斯见面，而且，艾姆斯对她亦有了些瞬间的热情，可是，很快又冷静下来，嘉莉痛楚地想道："似乎像他这样的男人是永远不愿更接近她的。"事实上，艾姆斯好是好，可到底跃不出世俗成见的窠臼，于是，便被嘉莉赶上了。

艾丽丝与异性之间的关系比较顺利。托尼是意大利人，职业是水管工，和嘉莉的姐夫汉生，还有《欲望号街车》里的斯坦利属同一阶层。虽然美国是一个移民国家，但地区和地区间还是存在差异，再根据登陆的先后，所来自的背景，以及奋斗的成效，决定了不尽相同的社会归属。这三人移民的历史都不长久，第二代，至多第三代。以种族性格论，托尼与斯坦利比较接近，都是热情奔放的气质；汉生显然严谨得多，缺乏些风趣，但行事稳重牢靠，可以想见境遇将会逐渐改观；而斯坦利与托尼也是各自有异。前者生活在保守的南方，阶级性严格，上升的路途比较艰巨，希望渺茫，难免自暴自弃，随波逐流；后者却在东岸大城市纽约，各路移民从四面八方迁徙而来，分别形成族群社会，无论组织上还是心理上都有归属感。《布鲁克林》细致描绘了艾丽丝初次登门托尼家的一幕：托尼的父母说话带有浓重乡音；兄弟们都喜欢说话，尤其是小弟饶舌得厉害，就像我们所看到的意大利电影，每个人都在激昂地说话；甜品味厚极了，咖啡就是那著名的"爱斯伯瑞索"，类似中国的烈酒"一口闷"—— 一整个意大利直接搬到这幢三层楼里，一套逼仄的小公寓，父母甚至只能睡在厨房的一角。但简素的家中却洋溢着向上的蓬勃气息，在长岛盖住宅的计划正付诸行动，全家疼爱的小弟弟要上大学，身为长子的托尼，他的手艺令全家人感到满意和骄傲，现在又将有儿媳妇进门 —— 虽然意大利和爱尔兰社区之间有冲突，可是具体到个人情形就不同了，他们都喜欢艾丽丝，抢着向她示好，热情得令人招架不住。也是因为时代不同了，在20世纪50年代，大萧条过去，世界经济进入复兴期，生产力发展，资本主义体制趋向完善，像托尼这样，凭着诚实的劳动，就可以争取一份过得去的生活。对于待嫁的姑娘们来说，得到的应许并非大富大贵，却有着切实可视的前景。艾丽丝呢，且有着道德感和独立自主性，托尼无疑是一个理性的选择。

其时，在权力和财富趋向平等的社会形态中，两性关系的紧张感也在松弛下来。从一方面来说，女性不必依赖男性的优势立足；另一方面，男性也可免遭盘剥。嘉莉妹妹随赫斯渥去到纽约，起初还凑合，但赫斯渥的生意随后陷入困境，眼看着就供不起嘉莉的开销，而这奢华的生活方式正是他诱拐嘉莉的条件。抛开阶级观念不谈，赫斯渥还是颇有可爱之处，他钟情嘉莉并没有什么错，为了这一份情欲，他全身心豁了出去，尤其是失业的日子里，自告奋勇承担起家务，简直是男女平权的先驱。他节衣缩食，学习买便宜货，亲自监督食品的用度，可到底经不住有出无进，坐吃山空，终于到了身无分文的程度，两人分头出去找工作。

　　嘉莉和赫斯渥求职的经历，其实预演了男女关系中强弱优劣的更新，这是极其令人兴奋的章节，在赫斯渥连连碰壁、灰头土脸的时候，嘉莉则渐渐焕发出奇光异彩。赫斯渥的不顺遂，年龄固然是个原因，但最要紧的是能力的局限性。他向来在管理层工作，倘若要沿用以往的职业经验，担任酒店经理，必要入股资金，可他不是连吃饭都难了吗？报上的招工启事，多是面包师、洗衣工、厨子、排字工人、车夫，充其量是推销员，就像杜洛埃那样的。嘉莉呢，她唯一的工作履历就是制鞋工厂的操作工，所以没有身份的压力，对职业也无成见，心里还有一个演戏的梦想，那么就去戏院试试好了，不是说纽约的演剧业很发达吗？即便跑龙套也没什么，她本来就没有受过训练，也没有多少经验，不过是个业余戏剧爱好者而已，于是，轻松上阵。

这会儿是嘉莉养着赫斯渥了，她在百老汇挣钱，赫斯渥买菜做饭，女主外男主内。情节到此颇有些像20世纪30年代上海，默片女明星阮玲玉和张家少爷的故事。阮玲玉出道后，也是要供张先生开销的。城市真是对女性优渥，开初时的残酷一旦熬过去，站住脚来，便大有前途。香港出品关锦鹏导演的电影《阮玲玉》里，有一个印象极深的镜头，张曼玉饰演的阮玲玉签署离婚文件时取出一枚私章，那么郑重其事地，含着一种天真，还有一点点得意，哦，她也有了自己的印章。但张少爷要比赫斯渥无耻得多，赫斯渥可是自尊的。当嘉莉在群舞中脱颖而为领队，周薪逐步上升，赫斯渥则去应工电车司机。正逢电车公司大罢工，没人愿意冒着挨打的危险去开电车，可谁知道赫斯渥的苦衷呢？就这样，赫斯渥走进了布鲁克林。

五、布鲁克林

　　书中写到的有轨电车大罢工有史可查，发生于1895年1月14日，工人要求日工资增加百分之十，减少加班，反对雇用临时工，谈判不成，终于付诸行动——"布鲁克林居民徒步上街"。电车公司在报纸上虚张声势地刊登通告，慷慨给予申请复工的条件，同时，还发布一条招聘广告，征召五十名机车司机，专在布鲁克林市区内驾驶邮车。招聘广告末尾，很微妙地附有一条声明："确保安全。"天气十分糟糕，阴沉地飘着小雪，布鲁克林的景象更显其灰暗——"这里所有的房屋都很矮小，是木结构的，街道也铺设得很简陋。和纽约一比，布鲁克林自然显得寒酸、贫困。"《简明不列颠百科全书》记载，布鲁克林是1636年荷兰农民所建立的第一个定居点，1834年设市，1898年1月1日成为纽约市的行政区。这样说来，赫斯渥走入布鲁克林正是后者划归纽约的前夕，显然，这里还未形成商业环境，以工业区和住宅区为主体。这位昔日的酒店经理在布鲁克林的遭际几可说是凄惨，不用说，凡前来应征者都是穷途末路的人。常言道：人过三十不学艺。赫斯渥已经不

168

是学这活儿的年纪了，然而，就像他走出家门时，嘉莉妹妹仿佛看见的——"一丁点儿过去那种精明、愉快的富有力量的影子"。养尊处优的生活确实会培养高贵的气质，反过来说，受侮辱与损害也会践踏这些品质。很快，考验就来临了：学生意的卑屈；宿夜工棚里的寒冷和污秽；饥饿迫使讨要一张饭票；行驶途中罢工工人的谩骂和袭击，警察根本无法"确保安全"，更加上良心的谴责，肩膀上还吃了枪子儿……终于逃脱混乱，回到纽约的公寓里，定下神来，赫斯渥自语道："那里的玩意儿真难对付啊。""那里的玩意儿"指的是布鲁克林吧！也指早期工业社会野蛮的劳动所创造出的粗犷的劳动者，初次接触，便挫败了赫斯渥身上的所有勇气。赫斯渥就此成为救济所的常客，最终在廉价提供的铺位里自杀。资产阶级就是这样遭遇了自己的掘墓人！

半个世纪之后，艾丽丝所走入的布鲁克林，气象全新，当然，和曼哈顿相比，色彩还是黯淡了些，艾丽丝承认，但她依然更觉得布鲁克林像是她的家。在艾丽丝两点一线的生活范围内，既有宁静的住宅区，也有一些荒凉的废弃空场，但转过几条街，便是热闹的大马路，人流汹涌，气氛相当蒸腾。住宅区里一定有许多柯欧夫人这样的出租房，寄居着一些外来打工者，但不再是从事负荷沉重的体力劳动。就那柯欧夫人的公寓来说，有两位文秘小姐，其余多是和艾丽丝一样，在百货公司做售货员，后来又来了一名清洁女工。教区舞会中的男女显然都来自劳工阶层，就像托尼那样，可他们的精神面貌挺轩昂，也挺体面，完全不是嘉莉所短暂待过的制鞋工厂里的男工和女工，被粗作与生计磨砺得寡廉鲜耻。布鲁克林大学还为年轻人提供成人职业教育，使他们具备条件上升到更好的职位。像赫斯渥那样被人生击败的人，哪个时代都有，出于各种原因，落得无家可归。社会福利则渐趋完善，各族群和教区也向他们提供帮助，比如圣诞夜，弗拉德神父主持的晚餐。但并不是说布鲁克林已经社会主义化，随时随地，竞争在悄然进行。就在艾丽丝工作的巴尔托奇——"工作间，她发现有几个姑娘走了，或是悄无声息地被替岗了，余下的同事包括她自己，都是经验丰富，在营业区深获信任的"。

其时，在布鲁克林，族群间的隔障还没有被现代化的进程消化，即便如弗拉德神父这样慈悲的人，也免不了种族成见。他向艾丽丝推介大学夜校课程时说："布鲁克林是个有趣的地方，只要负责人不是挪威人——在一所大学里这几乎不可能——大多数地方我都走后门。犹太人最好了，他们总想帮你做些什么。"前面说过，意大利人和爱尔兰人也不怎么对付，托尼去弗拉德神父教区的舞会，得偃了声息，倒不是明令禁止，但总是不自在。同样，意大利人的舞会爱尔兰人也是不去的。从另一方面说呢，族群的隔离又是一种有效的保护，柯欧夫人的寄宿舍就像爱尔兰驻纽约接待站。艾丽丝离家在外，也一直在弗拉德神父的监护里。当姐姐罗丝去世的噩耗传来，除了男友托尼，就都是同乡人在照应艾丽丝，为死者张罗举办弥撒……然而，族群的凝聚力也正在不知不觉中松弛涣散。艾丽丝有一夜留宿托尼，这可是大大触犯了天条，不只是寄宿舍的规定，还因为柯欧夫人是虔诚的天主教徒，保持着严格的清律，在坚持了一段日子的冷淡之后，柯欧夫人决定原谅她，因为——弗拉德神父说："现在没有那么多爱尔兰人租房了，以前倒是不少。"不是因为爱尔兰移民减少，而是爱尔兰人不一定租住爱尔兰人的公寓了。最好的证明是，艾丽丝问托尼是什么地方人——"布鲁克林人，"他说，"但我爸妈是意大利人。"移民的第二代、第三代，直至第四代、第五代，渐渐疏离了他们的族裔，向生长的地方认同。

布鲁克林变得温煦了，赫斯渥在那里学开电车的阴霾、湿冷、满地泥泞，不复存在。气候还是寒冷，然而——"半夜醒来，风在外面呼啸，可以在暖和的床上快乐地翻身"。感官上舒适起来，不是赫斯渥所说的："那里的玩意儿真难对付啊。"电车工人大罢工在共产主义运动史上会留下悲壮的一笔，事实上，多少也修正了资本主义进程中的误差，但制度的本质没有改变，依然循着运动的轨迹发展，来到艾丽丝的 20 世纪 50 年代。尘埃落定，波涛平息，事物所有的浪漫性亦都退潮了。

六、回家乡

姐姐罗丝猝然离世之后，艾丽丝回了一次家乡。家乡在某种程度上，保障着人们的道德感。像中国当代作家乔叶的小说《紫蔷薇影楼》，在外做"小姐"的刘小丫，金盆洗手，决定回家乡度一份寻常人生，就得将自己的阅历藏得牢牢的。家人、亲属、朋友、同学，组织起一张网络，可谓"法网恢恢，疏而不漏"。那是另一张网，比律法更有效率。不要小瞧了流言蜚语，它其实是一种舆论监督，来自乡约民规。好比前面提到过的，包法利夫人接到父亲信的时候，涌上心头的自省。嘉莉所以受艾姆斯吸引，多少是因为他带来一股故乡的气息，他所生活的印第安纳波利斯和她的老家威斯康星，都是在新大陆的腹地，那里有着质朴保守的生活，虽然，嘉莉是一个没什么家乡观念的人。

很明显，嘉莉妹妹对家乡的心情，没有艾丽丝那么缠绵，她当然也会伤感一时，但并不怎么严重。从小说中，我们无从猜测嘉莉在家乡的生活，可以想象那是平淡的，家乡总是平淡的。来到芝加哥，姐姐敏妮的家，一定程度地使她保持着与故乡的联系，当然也受到了约束。一旦听到姐夫要她回家乡，便觉前途灰暗，于是决断行动，从姐姐家里出走。嘉莉与杜洛埃同居，过起那样一种没有责任的自由的生活，夜晚里的享乐一出接着一出，看过歌剧又走进餐厅消夜，这一刻，作者写道："嘉莉只是模糊地想到时候已经不早，但是现在已没有家规来管束她了。"脱离姐姐的家，嘉莉就和家乡彻底断了瓜葛。传统社会中，女孩终究是人家的人，从此也没有人再过问她了。

即便是爱玛的父亲，心中十分牵挂这个独生女，但也并不负责她的人生了。所以，女性与家乡的关系很可能更为疏离，而男性，从血统、亲缘、道义、责任，似乎都不能撇得太干净。

德莱塞的另一部小说《美国的悲剧》，故事主人公克莱特命运的转机是依了伯父的关系。这个衣领制造业主出于血缘与家族的名誉，决定帮助穷侄儿。有一个细节很值得琢磨，克莱特先是在制造厂里最低级的浸水车间做工，老板有一次巡查工厂，在浸水间看见了侄子。他的长相与这家的儿子那么相像，一搭眼就可知道其中的亲缘，可是他却半裸着身子，汗水淋漓地搬运坯布。老板心中顿时感到耻辱，似乎是他的家族正在遭践踏，于是，立刻交代换工种，无论做什么，也无论他有还是没有技能，总之是可以穿戴整齐、仪表体面的岗位。当后来克莱特闯了穷祸，他的伯父则采取决断的措施，迁厂，搬家，远离丑闻可以抵达的地区，与这门亲戚彻底划清界限。克莱特出生的那个家庭，既贫穷又低贱，且从事着不入流的营生，开一家小教堂传道，姐姐又成了不幸的弃妇，他从来以家人为羞赧和麻烦。定罪以后，想到母亲会来，没有一丝喜悦，可当母亲真到了跟前，在那么一个阴暗的看守所会见室里，他却突然间激动起来——"他这烦恼的、错综复杂的心灵，还是很迟疑，不过，他也坚决相信，他的心灵能在她的心头找到一处神圣的避难所……"临刑之前，与母亲诀别，亲情在此几乎是残忍的一幕，母子俩紧紧拥抱，母亲一迭声地喊着："我的孩子——我的小孩——"似乎要将儿子重新拥进腹中，情愿他不要出生。

嘉莉从她踏上去往芝加哥的旅程这一刻，就与家乡、父母、亲缘脱离了关系。她的姓氏对于她并不重要，她倒是急于有一个别人家的姓氏，起先是杜洛埃的，而后是赫斯渥的，可这些又全都落空了。最后，她是以"马登达"这个虚拟的姓氏登上舞台。这是当年在芝加哥杜洛埃推她参加"麋鹿会"演剧，为她临时起的姓氏，不料一语成谶，后来她果然在舞台灯光下展开生涯。

就这样，女性不必像男性那么受姓氏之累，同时也不大能指望姓氏给予她保障。嘉莉离开家乡，就走上一条不归路。

可是，现在，艾丽丝要回家了。在小说《布鲁克林》总共四个章节之中，一整个第四章是写她回乡的情节，可看出作者的倚重。爱尔兰移民与家乡的联系相当紧密，这和社群组织有关，它在一定程度上将爱尔兰社会搬移到异乡异地，使生存与精神都处在不间断的连贯中。艾丽丝的小镇恩尼斯科西不是有人家常年收到侨居美国的亲属的邮件？杂货铺老板娘凯莉小姐与布鲁克林的柯欧夫人不是常通音讯八卦？弗拉德神父离开那么久了还要回老家看看，当然，若不是姐姐罗丝离世，艾丽丝也不会这么快就回了家乡，就像艾丽丝自小印象中那样，去美国的人都不想家。召她回家的母亲其实藏着一个心愿，希望艾丽丝从此就不走了，替代罗丝的位置。事实上，本来艾丽丝更适合留在身边，连艾丽丝自己也常常困惑，为什么出色如罗丝不为自己选择更开放的生活，而要安排她去闯码头。原来罗丝早已经知道自己身有疾患，而她瞒住了所有的人，真是明智而又冷静的姑娘，能够主宰局面，在她有限的人生里尽责尽能，惠顾四周，一点儿没有虚度，令人为之扼腕之余又深感欣慰。显然，罗丝的禀赋大大超过艾丽丝，艾丽丝的一切都是可塑的，并不是说她缺乏意志，而是她生成一副随和的性情，回来不久，她就又适应了小镇恩尼斯科西。

我猜测，作者派艾丽丝回家乡，是要她重新审视小镇的生活。虽然，难免地，她会觉着小镇的落伍与闭塞，姐姐的衣服她再不愿穿了，男孩们的泳装也让她好笑，人情的繁文缛节显得琐碎又无趣……她是见过世面的人了，她变得自信，而镇上的人，显然对她刮目相看。姐姐服务过的公司请她去帮忙做账，看起来，只要愿意，她极有可能谋到一个职位，那可称得上猎头公司！以前瞧都不瞧她一眼的吉姆对她很有点意思，且表现得不卑不亢，显现出即便是这样的小地方，依然拥有优雅的教养，而她也应付裕如，进退有致。他们一同去游泳，她可不像在布鲁克林，与托尼去海边时那么紧张，她是有经验的，而且为晒黑的皮肤骄傲……她可没有一点对家乡的瞧不起，有一些生分，很快也在日复一日中消散。家乡就像有着血缘的关系，打断骨头连着筋，很自然地，她又融入进去，相反，布鲁克林变得遥远了。留在家中，如妈妈所愿，和酒吧老板的继承人吉姆结婚，并不那么令艾丽丝拒绝，而是可以接受的。倘若不是凯莉小姐的提醒，提醒她是个结过婚的人 —— 那是柯欧夫人传的口舌，哪里都有这种八婆，如今看来，托尼要求她回家乡之前结婚，是多么英明啊！意大利人也和爱尔兰人一样，都是重视家乡的人，晓得家乡的厉害，说要你就能得到你。婚约也是重要的，它与乡情有得一拼。于是艾丽丝当机立断，买了船票回布鲁克林！无论怎样，她都是掌握主动权的人了，虽然她没有罗丝性格的光彩，可姐姐给她指的路，让她走上了自主的人生，不愧为慧眼识时务。罗丝知道，在理性的秩序之下，即便温良如艾丽丝，也是可造就的。如今，艾丽丝有了选择权，可在恩尼斯科西和布鲁克林之间权衡、度量，可去可回，无论回乡还是去乡，都不会让她沮丧和惧怕。

嘉莉妹妹是女性中的精英，艾丽丝是普通人；前者离经叛道，付出牺牲，获取成功，后者遵循社会法则，亦可实现恰如其分的价值。社会就是这样进步着，乘着时代的快车，车轮和轨道之间摩擦系数降低，越来越润滑，无所阻挡，开往下一个世纪。

2011 年 11 月 29 日　上海

与本文有关的书目：

1.《布鲁克林》，[爱尔兰]科尔姆·托宾著，柏栎译，人民文学出版社，2010 年。

2. 《嘉莉妹妹》，[美]德莱塞著，裘柱常译，上海译文出版社，2011年。

3. 《简明不列颠百科全书》，中国大百科全书出版社，1986年。

4. 《女士乐园》，[法]左拉著，杨令飞译，花城出版社，1998年。

5. 《美国人：民主历程》，[美]丹尼尔·布尔斯廷著，中国对外翻译出版公司译，美国驻华大使馆新闻文化处出版，1988年。

6. 《欲望号街车》，[美]田纳西·威廉斯著，一匡译，中国电影出版社，1982年。

7. 《包法利夫人》，[法]福楼拜著，周克希译，上海译文出版社，2011年。

8. 《女客》，[法]波伏瓦著，周以光译，安徽文艺出版社，1994年。

9. 《贝姨》，[法]巴尔扎克著，许钧译，上海译文出版社，1999年。

10. 《九三年》，[法]雨果著，桂裕芳译，译林出版社，1998年。

11. 《美国的悲剧》，[美]德莱塞著，许汝祉译，上海文艺联合出版社，1954年。

音乐生活

一

　　初到维也纳，见识的第一件事，就是兜售音乐会票的
"黄牛"。"黄牛"们看起来相当职业化，身着古代宫廷服装，
假发、绑腿、白手套、镶金扣的大红紧身衣 —— 最常见的莫
扎特的装束形象就是这一款。后来，凡看见这帧画面，无论
是印在巧克力金箔纸上，还是印在马克杯、购物袋、T恤衫、
铅笔上，我想起的不是莫扎特，而是"黄牛"。在维也纳国家
歌剧院门前，一位着盛装的"黄牛"向我们推销当晚的芭蕾
舞票，可我们意在次日晚上的歌剧《马侬》。那是法国19世
纪浪漫主义作曲家马斯内（1842—1912）的作品，以抒情美
艳的风格著称。他流露出为难的表情，因为那票不好搞，所
以价格不菲。在他银色的假发底下，是一张沧桑的脸。他绕

开《马侬》，又回到当晚的芭蕾，一股劲儿地赞扬，态度无限恳切，眼睛里则透着精明，使我想起一类人物，就是上海弄堂里的"爷叔"。虽然人种、所在城市不同，照理生活背景也不同，可是奇怪地相似着——有些江湖气，又是保守的；挺会算计，却不无豪爽；有一些市侩，又有一股子义气。看到我们坚持《马侬》，他便很大度地领我们到另一位"黄牛"跟前，原来，他们之间是有分工的，这一位大约专司芭蕾票，那一位则负责歌剧，但显然他更希望我们购买另一场交响音乐会的票，对于销售《马侬》兴趣不大。后来，我们知道，《马侬》很叫座，能够由他们支配的门票自然也就有限，我甚至怀疑有还是没有。买卖没有成交，可已经彼此认识，下一日，再看见我们，老远地，那"爷叔"便大喊"马侬"，而从此我们也给他起了个名字：马侬。

"黄牛"们手里多持有一本册子，里面是剧目的照片与说明，"爷叔"则是徒手，显示出在这一行的资历以及业务的熟练。他们散布在游客聚集的每个地方：斯蒂芬大教堂周围的空场，金色大厅附近，马术学校门前，市立公园约翰·施特劳斯像或者城堡花园莫扎特的像底下，那里总是有观光团体照相留念……推销的心情虽然殷切，却绝非猴急，保持着一定的风度。天底下的"黄牛"都难免是油滑的，维也纳的也不例外，但要优雅一些，是服装使然，还是布尔乔亚的教养？头一回去斯蒂芬大教堂，如此庞大的一座建筑，几百年时间里，从主体不断派生繁衍配殿和副楼，占去整整一片街面，不知如何得门而入。绕着墙脚走，或是被修葺的脚手架篷布阻断道路，或是铁栅栏，或是紧闭的门，有一处门倒是开着，陡直的石阶通往地下室，只出不进，一名导游守在石阶上，向上来的观光客收钱。出来的人因为从暗处到了日光下，还是有别的原因，各个神情迷离，就像是从地狱出来，而那个导游——是又一个"爷叔"，面相要粗鲁与蛮横许多，他就像地狱的守门人，收缴买路钱，问他如何进去，他简捷地回答说：每人四欧元。再向前去，最后到了广场，正四顾茫然，一名"黄牛"过来搭讪，打开宣传册子，一一介绍。可我们无心买票，着意要进教堂看看，就询问怎么进去。这其实有些犯规了，他是卖票的，并没有指路的义务。他本可以回答不知道，可是他昂头看着空中飞翔的鸽群，说：飞进去！另有一次，我们打听周日上午，哪一个教堂的大弥撒演奏 19 世纪维也纳作曲家布鲁克纳的弥撒曲，曾经在某座教堂门上看见通告，过后却再找不到那座教堂，于是，又向一名"黄牛"打听。这也犯了规，"黄牛"负责的是商演市场，教堂里的音乐会不在他们的司职范围。但这位尽责的"黄牛"还是抓住时机向我们推介音乐会，将他的宣传册一页一页翻给我们看，但见我先生没有兴趣，便将册子合拢，臂肘对我一弯，说：他不带你去音乐会，我带你去！

后来，我们在歌剧院的票房里买到了《马侬》的票。下午的歌剧院前厅幽暗冷清，与外面的"黄牛"世界相比，真是冰火两重天。灯暗着，只票房内亮着，临窗坐的票务员无论长相还是神情，都与斯蒂芬大教堂地窖的导游相仿，也像美术史博物馆的票务员，还有兜揽生意的观光马车夫，他们看起来就像是一个人 —— 中年，壮实，粗粝，四方的脸型，面部有横肉，这就使他们看起来有些凶，但也许只是厌倦。向他买当晚的歌剧票，他出示了座位图，最便宜的站票总是最先告罄，只有次便宜的楼座上两侧的票，却不能使用信用卡，因为票是退票 —— 我十分怀疑就是门口的黄牛返回给他的剩票，此时离开演只有几小时的时间了，谁又知道在这项黑市交易中剧院的票房担任什么角色？这倒与我们无碍，然而，更大的陷阱却在之后才暴露。其时再回想，这位"爷叔"的动作就十分可疑了，他很琐碎地将票子从这个信封倒出来，又倒进那个信封，这两张对对，那两张配配，摆弄来，摆弄去，直到人失去耐心，才将两张票交到我们手中。交割完毕，走出剧院，高高兴兴的，就等着晚上看戏了！

事情看起来很顺利，早早就到了剧院。观众们似乎都很性急，拥在前厅里等待入场，票房前则蜿蜒着一支购买退票的队伍。两位领票员各守一具楼梯，以倒计时的精确度等待入场的那一刻。终于秒针走完最后一圈，两人共同举起双臂欢呼一声，仿佛迎接一个重大的庆典。簇挤在楼梯下的人们转眼间分散了，似乎被高大的穹顶吞没。正厅、楼座、包厢里空荡荡的，人都不见了，只在最后排的站票席栏杆上，系了一排围巾领带手绢，表示占了位置。但依然有一种激越的情绪，在疏阔的空间里流动与聚散。撞上这一日的演出相当幸运，乐队是著名的维也纳国家歌剧院团，饰演马侬的女演员则是正当红的俄罗斯新秀安娜·奈瑞贝科，她的传奇故事伴随名声在全世界的爱乐者中间流传。故事说，奈瑞贝科本是圣彼得堡马林斯基剧院的扫地女工，偷偷学艺，终遇伯乐，然后一举成名。流传的过程中，不知增添有多少枝节，使之越来越接近一部美国旧电影《卖花女》的情节。听一对早早到场的母女和领票员聊天，领票员对女儿说：你母亲说的是什么话？好奇怪！女儿说：她说的是俄语。原来这是来自俄罗斯的客人，大约专奔了奈瑞贝科而来。观众中多有旅游者，穿着旅行装束，甚至携着背囊和拉杆箱，行色匆匆。于是，歌剧院也不得已放弃了着装上的清规戒律，允许任何服饰的观众入场。满场看去，却也有一半以上人数遵守古训，盛装出席。显然是本地人，不仅在仪表上，连同神情态度，都流露出安居的闲定从容。这部分观众，往往到得比较晚，临开场几分钟才姗姗迟来，显示出是这城市的主人，歌剧院离他们家大约只有几步之遥。问题就出在这里，而我们浑然不觉。

第一遍铃声响起来，剧场里变得喧嚷，人越来越多，站票席上的观众也都逛回来了，插蜡烛似的挤簇着。大幕静默地垂着，显得遥远和深邃。就在这时，领票员引来一个老人，年纪约在八十上下，穿着郑重，表情威严，他的座位竟然与我们中的一个重叠。他看了我们的票，遥遥地对着左侧一指，然后便在座位坐下，再不理睬我们。这才发现，我们的票其实是分开在左右两边，我们白白早到这么长时间却没有仔细核查，领票员也没看出这个错误。时间已经很紧，必须在第三遍铃声之前赶到属于自己的座位。歌剧院的楼座极宽阔，这边到那边似乎有半站路的距离，而我们还存妄想，也许有可能在那一头换取并列的座位。分开坐也一样看戏，但对于旅行生活终究是扫兴的。那一头，相邻的座位上是一位女士，虽然没有着晚装，但也穿着整齐端庄，风度相当文雅。她一看情形，立刻明白了我们的处境，她站起身，拉住领票员，急促地对话几句，从态度上看出，她是要得到应允与我们换座，回答是可以，你们自己决定。于是她迅速将她的票塞进我们手里，抽走了我们的，临别时，对于我们无限的感激，还来得及诚恳地说一句：没关系，好好享受！转眼间消失在这一侧的通道。第三遍铃声中，我们翘首以望那一侧她的身影出现，倘若晚了，便不能入场，只得等待第二幕。就在铃声落地，指挥台灯亮起的一刹那，她冲入观众席，并且看见我们。她伸手大大地向我们挥动，序曲响起了。

事后我们难免要讨论这一次小小事故中的教训，当然，随之而来的必是那一个温暖的际遇，它使这陌生的城市产生出类似乡谊的感情。我们无疑是遇到好人了，她那么娴雅、亲切、热情，显然受过好的教育，是一名知识女性，也许就是音乐圈内的人，热爱歌剧，不料被两个外国人打扰了，没有一点怨色，反而成全了人家。那位老人呢，不好也不坏，能够一个人来看戏，总要有点雅兴，看形貌也是中产阶级。没有家人陪伴，走过街道，天还在下着小雨，登上楼座，在逼仄的席间找到自己的位子，也不能指望他再做好人好事了。最坏就是那位票务员！两张单张的票可以想象多难出手，大约在"黄牛"手里也滞留了几日，最后返还给他。终于从天而降两个傻瓜，只关心票价，别的什么也不问，并且对维也纳的窗口服务极端信任，此时不出手更待何时？认真追究，"黄牛"交易其实都有内线，否则无从解释供货渠道，是票务员这类人担任着里外串联的角色。"黄牛"确是搞乱了市场，也搞乱了人心，可是话又说回来，"黄牛"却是畅通开放的信息渠道，是那位"爷叔"告诉我们可以穿牛仔裤入场，时代已经大不相同。他们将音乐会的节目单传递到四面八方，最偏僻的角落里都可见到他们的身影。相比之下，正规的窗口就显得冷淡、机械和傲慢，看起来，他们也想有所作为，在景点上都设摊，有穿便装的职员向游客推销票子。在马术学校门口，曾有一位职员告诫我维也纳票务黑市的内幕，不外是低价收进，再高价出手，从顾客身上盘剥一层。但这些售票摊点显然不如"黄牛"活跃，放得下姿态，掌握更多的行情，同业间团结一致，互通有无，为人民服务的态度更殷切。而且"黄牛"有服装，他们没有，就显得职业化程度不够似的。在这资源与服务不对等的情况下，于是产生了票务员这类人物，他们坐收渔利。

走入音乐之乡维也纳，遭遇的人和事似乎多与高雅生活无大干系，倒是充斥了俗世的纷扰。就好比读罗曼·罗兰的《约翰·克利斯朵夫》，主人公的少年情史，第一段"弥娜"最合乎爱情的甜美伤感；第二段"萨皮纳"，一个杂货铺女老板所诱发的情欲，罗曼蒂克多少打些折扣，但因为她意大利圣母型的长相，为她带来了文艺复兴的气息，就有了艺术性，再加上她超然物我的形态，似乎是尘世外人，又是那样无果的结局，作为一段哀史就也说得过去；紧接其后的"阿达"就离谱了——那一回，克利斯朵夫结伴郊游的同伴都有些离谱，一个是银行的职员，一个是布店伙计，两位女伴是帽子铺里的店员。他们对音乐谈不上什么教养，也没太大的兴趣，只是慕他宫廷音乐师的身份。有意思的是，其中那位布店伙计倒是听过克利斯朵夫的作品，还哼出了一段，这就是德奥体系的乡民了。有一回在巴黎，星期六的早晨，遇见小酒馆走出醉鬼，吹的口哨是格里格的《培尔·金特》。倘若是在老北京的街头，拉住一个过路人，哼的大约就是京剧中的《小开门》了。话说回到阿达，女店员对于爱情终是让人扫兴，一个上班族，朝九晚五，自己挣钱自己花，当然要比流水线上的女工略胜一筹，不是出卖体力，更不是做人奴婢，出卖自由，可女工和奴婢自有一番哀恋之处，类似灰姑娘辛德瑞拉，无所依托，等来了白马王子，比帽子铺女店员适合做浪漫剧的女主角。

大街上的女店员，经济与人格都是独立的，无须依附于人，却也难免养成剽悍的性格，如阿达，何等的粗鄙啊！她和她的女同事，常是让克利斯朵夫不知所措——"她们不顾体统的好奇心，老是涉及无聊的或是淫猥的题目，所有那些暧昧而有点兽性的气氛，使克利斯朵夫极难受，同时又极有兴趣，因为他从来没见识过。一对小野兽似的女人说着废话，胡说乱道地瞎扯，傻笑，讲到粗野的故事高兴得连眼睛都发亮……"看起来，唯有阿达才能让克利斯朵夫真正开窍。像他这样敏感的天性，不幸又没有受过好的家教，在混乱的亲情中兀自成长，生理和心理可说都处在蛮荒中，不晓得拿自己的情欲怎么办。与萨皮纳在郊外客栈中度过的那一晚，两人隔了一扇门，激动得浑身打战，就是推不开门去。萨皮纳的障碍在体统中，身为女性，又是守寡的人，没有得到明确的表示之下，自然不敢轻举妄动，更何况是那样慵懒怠惰的性情，克利斯朵夫呢，主动权明明在他一方，而他坐失良机。到了阿达，情形则完全两样，她绝不会让克利斯朵夫漏网，事情凡到她手中，一律变得简单并且干脆。他们邂逅的当日就一起过宿，也是一家乡下小客栈，两具肉体不加犹豫地胶合在一起。即便是女店员，即便是越过感情，直奔性的目的，如书中所写："情欲的巨潮把思想卷走了。"那一幕依然有着自己的神圣感——"整整的一生在几分钟内过去了：阳光灿烂的岁月，庄严恬静的时间……"克利斯朵夫的身体在一个女店员手里完成了嬗变。

罗曼·罗兰在克利斯朵夫的人生中，安排了许多力量型的人物，与另一类精神性人物，比如安多纳德、奥里维、葛拉齐亚做平衡。第八卷《女朋友们》，其中有一位赛西尔·弗洛梨出场，那时克利斯朵夫身在法国，安多纳德已去世，奥里维交了女朋友，自有生活，葛拉齐亚还未长大，未进入他的视野，克利斯朵夫平静而寂寞地过活着，在一个小型音乐会上听到赛西尔的钢琴演奏，大为欣赏。赛西尔，二十五岁，矮而且胖，头发浓密，胳膊粗大，就像个乡下人，却是国立音乐学院钢琴头奖的得主。她出身市井，父亲活着时很窝囊，死后自然不可能为妻子儿女留下什么福利，兄弟且不争气，所以是由她赡养母亲，支撑家庭，日子过得很清苦。左右环视，似乎看不出有哪一点眷顾了她在音乐上的才能。倘若归结为天性，她的天性甚至与通常以为的艺术气质是背离的 ——"她为人正直，合理，谦虚，精神很平衡，一无烦恼：因为她只管现在，不问已往也不问将来。"总之，挺务实的，而艺术家不是应该纵情放任？赛西尔显然是乏味了。克利斯朵夫有时会很惊讶地看见："音乐的光芒像奇迹似的照在这个毫无艺术情操的巴黎小布尔乔亚女子身上。"事实上，也许正是这样稳定的性格才让她担得起枯燥艰苦的训练，进入音乐的自由内心，攫取了乐趣。当今巴黎的音乐界，脱颖而出一位中国裔钢琴演奏家朱晓玫，从她的故事听来，大约也是赛西尔这样的禀性。当然，一个亚洲人要接近西方的艺术，是必有特殊的教育背景打开通道，而赛西尔，则是生于斯长于斯，就连朱晓玫那么点传奇性也没有，但在某种程度上，却可能更接近于事情的本质。

有一晚，克利斯朵夫来赛西尔家吃晚饭，耽搁晚了，天又起了风雨，就留下宿夜。睡在客厅里临时搭起的床上，与赛西尔的卧室只隔一层单薄的木板，听得见彼此的呼吸，可是却没有引起丝毫欲念，双方都平静入睡。关于赛西尔的故事就此波澜不惊地结束，之后，也没怎么发展。对于被称作浪漫史的小说，一个巴黎小布尔乔亚女子，大约再也提供不出什么惊艳的情节，所以，她只是在克利斯朵夫生活里相对来说的空白阶段，稍作填补，却留下颇有意味的一笔，似乎暗示在欧洲浪漫主义抒情性的表面之下，其实是一种俗世的人生，它平庸却坚韧，结结实实的，是音乐生活的中流砥柱。

然而，罗曼·罗兰并不甘心就此放弃天才成长的奇峻性，稍作休息，他继续要给"小布尔乔亚"注入澎湃的激情。我时常揣测罗曼·罗兰在他本国的文学地位，为什么远没有达到当代中国我们的期望。我们与法国同行谈论罗曼·罗兰，总是会产生分歧。在他们，当然，罗曼·罗兰也不错，是个有趣的作家，但是，并非那么重要；在我们，这位作家无疑影响了几代人，现在，还在接着影响下去。理由也许有很多，傅雷先生的译文文采斐然，他古今中外贯通，《约翰·克利斯朵夫》可说是一部长篇美文。从中国现代到当代，一批大学问家从事西文翻译，他们创造了一种新白话文体，远远脱出明清话本式的旧文体，又极大程度拓展和丰富了五四新文学文体。共和国以后生长的我们这一代写作人，多是在这译文体中教养学习。傅雷先生的意译几乎是将小说重写一遍，我们无缘阅读原文，就难以比较，证明是评介不同的原因。或者还因为，罗曼·罗兰的英雄崇拜不怎么对法国人口味。克利斯朵夫是个德国人，是理想主义的种气，而他天才的超强吸纳力很快消耗了日耳曼民族的资源，小说进行到三分之一的篇幅，卷四的末尾，惶急之中，他踏上驶往法国的火车，在心里叫喊："唉，巴黎！巴黎！救救我罢！救救我罢！救救我的思想！"将思想的拯救任务交付给法国，是身为法国人的作者别无选择的选择，还是一个有意的安排？小说第七卷《户内》开首之前，作者专有一篇《卷七初版序》，《序》中有这么一段文字："我要呼吸，我要反抗一种不健全的文明，反抗被一般僭称的优秀阶级毒害的思想，我想对那个优秀阶级说：'你撒谎，你并不代表法兰西。'"

我们自然不能单听写作者的主述，一旦进入特定的情节，就有一种潜在的更强权的力量主宰人物的命运，但至少我们可以据此反证克利斯朵夫这个人企图越出法兰西精神共识，人们可能更对雨果笔下的冉阿让、卡西摩多抱有热情，那都是被注入神性的存在；或者，索性从天上降到人间，降到左拉的《小酒店》，抑或福楼拜的《包法利夫人》，以写实主义来做精微的分析与批判。而罗曼·罗兰不巧正在中间，他没有神，亦没有凡人——有凡人，但不是为他们自己而存在，而是为英雄的诞生做铺路石。英雄，就是罗曼·罗兰的世界。

当克利斯朵夫在巴黎闯下大祸，再一次逃亡，越过边境，去瑞士投奔同乡哀列克·勃罗姆医生。说起来很有点意思，勃罗姆夫妇与包法利夫妇有许多相似之处。勃罗姆他们所居住的小城类似包法利后来迁往的永镇，风气保守狭隘，生活难免枯乏。先生们都是医生，都有一副好心肠，亦同样是乡下人般颟顸的性格，头脑平庸。太太们呢，都具有比丈夫高一筹的才情，内心丰富。两位太太年少时的教育也有着共同之处，都是在宗教生活中长成，爱玛是被送进修道院，阿娜——勃罗姆太太则是在宗教狂祖母手下长大，老太婆将这个儿子的私生女看成"罪恶的产物"，让孩子过着苦修般了无意趣的生活。所幸她们都遇到婚姻的机会，避免了老姑娘的命运，可世事难料，日后她们都发生了婚外恋情。不同则在于包法利夫人外表甜美可人，情致婉约，更合乎一个情人的罗曼蒂克气质。勃罗姆夫人的情形却要复杂得多，从外形看，她显然缺乏女性的柔媚，甚至是阴沉粗野的，"郁积着一股暴戾之气"，笑起来含着些杀气，身体是健壮高大僵硬——她的形貌举止多少让人想起《简·爱》中藏在阁楼上的疯女人，随时可能爆发出原始荒蛮的力量，一旦作用于爱情，那将是多么可怕的灾难！也因此，阿娜的感情就更具有严肃性，接近悲剧的崇高格调。事情从开端起就显出不祥之兆。

有一日，宁静的小城忽然涌动起激荡的情绪，一对意大利姐妹爱上同一个男人，相持不下，决定用抽签的方法决定谁进谁退，所谓退让就是主动投入莱茵河。可是抽过签后，退让的那个却毁约了，于是两人发生争执，先动口后动手，最后又相拥而泣，结果做出一个骇人的决定，将那情人杀死！小城里，每户人家的晚饭桌上都在讨论这件情杀案，勃罗姆家也不例外，医生首先叫道"她们是疯子"；克利斯朵夫的意见是

"爱就是丧失理性"；阿娜的态度呢，她平静说道："绝对不是丧失理性，倒是挺自然的。一个人爱的时候就想毁灭他所爱的人，使谁也没法侵占。"这样的爱情果真发生了，结局不难想象。福楼拜的可人儿爱玛是一死，死于债务逼困；罗曼·罗兰的阿娜没有死成，只得继续受罚，那是比死亡更残酷的炼狱。两个"布尔乔亚女子"，前者顺其自然被放置在现实生活该当的后果中，后者却被升华，升上十字架，成为女体的受难者。这就是理想主义和自然主义的不同价值取向，同时也与古典浪漫主义区别开来，古典浪漫主义的女主角是艾丝米拉达，从天上下降人世的埃及小女神。

　　勃罗姆夫人也是一位天生的音乐家，克利斯朵夫在琴上试奏他的新作，勃罗姆夫人不学自会，一下子唱出其中的精髓——克利斯朵夫大为惊奇，对歌唱者说道："我竟有点疑心这是我创造的还是你创造的。"阿娜的回答是："我不知道。我以为我唱的时候已经不是我自己了。"克利斯朵夫又说："可是我以为这倒是真正的你。"说来也奇怪，克利斯朵夫总是在平庸的市井中邂逅知音，他的创造者怀揣什么样的用心呢？

二

　　在一个阴冷的小雨天下午，来到莫扎特的故乡萨尔斯堡。观光客的人潮中，这市镇显得格外小而逼仄。粉彩色的涂壁和小巧琐细的花饰，使它们就像玩具，木偶戏台上的布景。莫扎特的故居，在萨尔斯堡河两岸各有一处，都是狭小的公寓，可见生计的动荡和拮据。穿过市镇的河面与两边的街道相比，显得阔大，甚至有些苍茫，特别令人想起罗曼·罗兰的《约翰·克利斯朵夫》里，起首的一段："江声浩荡，自屋后上升。雨水整天地打在窗上。一层水雾沿着玻璃的裂痕蜿蜒流下。昏黄的天色黑下来了。室内有股闷热之气。"莫扎特的家里，如今拥满游客，整个萨尔斯堡都被游客覆盖了。雨水的潮湿气味壅塞了房间，有些郁结，但终还是散发出一股清新，因人群的流动带进新的雨水和泥泞。当年的隔宿气早被洗涤一空，无从想象莫扎特一家活动在其中的景象。有一间展室里陈列着那个时代的药材，细弱的草茎和黄白色的云母片，透露了对付疾病的无奈和挣扎，想到那个家庭不断有人夭折的命运，不由心生戚戚。

欧洲城市里的民居格式大致相同，贝多芬在波恩的故居记忆中差不多也是这样，都是公寓里的一套——几间相连的房间，木条地板，木百叶窗。在维也纳我们还去过海利根施塔特的贝多芬旧居，它坐落在一条僻静的马路上，以收藏贝多芬一份未曾兑现的遗嘱而著名。走入一个小院，上一具木楼梯，贝多芬曾经在此短暂逗留，也许正处于人生的低潮，于是写下了这份遗嘱，可显然境遇又好起来了，或者说情绪的周期过去，便按下不提。居处是几进小小的套间，迎门赫赫然一具玻璃柜，陈列着后世称之为"海利根施塔特遗嘱"的那份文件。参观者除我们外，又来了两名日本女生，大家都在留言簿上写下敬仰的字句。下了这一侧木楼梯，再上对面的楼梯，推门进去，门厅内坐一老妇人，向我们卖票，出示了方才的门票，回说不管用，因为是两个机构，对面是贝多芬研究协会，这里才是贝多芬真正居住过的地方。至于"海利根施塔特遗嘱"，这里的才是原件，对面只是复制品。看起来，全世界各地都存在文化资源过度开发的问题。不过，实话实说，这一处更像是一个潦倒的音乐家的客居之地——只一大间屋子，家什用物比较多，显得拥簇，于是就有了些生活的气氛，可是，谁知道呢？多少年前一个房客，租住于此，那时候这里一定相当荒凉，是维也纳的远郊，没有人会注意这人是谁，来自哪里，怀揣怎样的心情，又将去往什么地方……所有故事都是在之后被丰富起来。如今的海利根施塔特却有着一股宁静与明亮，并未染上艺术家阴郁的心境。街面上人很少，偶尔见年轻的母亲领一群孩子走过，不知哪里有一个幼儿园或者小学校，喧哗声一波一波传来。巷口的空地上有一座贝多芬的立像，用粗粝的石材塑成，表情严峻，可更多的是餐饮招牌上的贝多芬画像，有些像啤酒招贴。教堂的钟声按时响起，钟声在蓝天红顶之间回荡，渐渐送远。

中午，我们在一家名叫"萨尔斯堡熊"的餐馆吃饭，门面很窄，走进去，门厅也很窄，窗台壁架上满满当当地堆着那种"萨尔斯堡熊"毛绒玩具，显得更加拥挤。可是却想象不到如此纵深，望不断尽头，上楼打探，竟是惊人的场面，几乎有半条街的面积，而且全部客满，似乎海利根施塔特的居民都集中到这里用餐了。女主人将我们安排在楼下临窗的桌子，点了菜人就不见了，邻座上一位先生主动过来服务，端这端那，看他稔熟的态度，就猜他是女老板的男朋友。而所有的客人都互相认识，全是街坊邻居。爱因斯坦也曾经在这里住过，不远的公寓楼前钉了一大片名人的铜牌，其中就有他的，算是一个老街坊。

在维也纳市里，还有一处贝多芬的旧居，寻找的过程且要曲折得多。向无数人打听，回答各不相同。天下着雨，从小雨到中雨，遂又成急骤之势。雨中走过来走过去，直到午前方才走进那幢公寓楼。贝多芬所居的那一套在四楼，按了门铃，大门便开了，这倒有些意思了，好像我们是与贝多芬预约的访客。推进去，经过穿廊，来到天井，天井的地面上铺了青苔，四周的后窗蒙了灰垢与水汽，窗下还有一具水斗，多么熟悉的景象啊！在上海租界时期遗留的欧式公寓里，多有着这样的天井，被后窗一层层环绕，形成桶状，那窗户格子里，都是触类旁通的生活。沿楼梯上去，贝多芬的邻人们都闭着门，上班的上班，上学的上学，身后有一批来自美国的访客超过我们，楼梯上顿时脚步杂沓，家居的安宁被打破了。博物馆有两名职员，一个年轻人，看起来有些颟顸，另一个是老人，有一具断臂，显然是主事的，交割钱票，介绍须知，回答各种询问。贝多芬在此地租住的时间也不长，生活相当漂泊，但重要的作品也是在这个时期里写成。而莫扎特还未活到贝多芬命运跌宕的年纪，就早早凋谢，留给世人一个神童的印象。

时代已经变更，可在欧洲有时候却又觉得没多大变化。在火车站，猛一回首，所见那铁轨、电缆、隧道、站台、站台上候车的旅客——早春的寒冷阴潮天气中，男女多是穿黑色大衣，裹着围巾，刹那间所有的色彩都褪去，褪成黑白两色，成了黑白老电影，那些"二战"的故事片。或者，在塞纳河岸，对面走来的路人，他们的脸部线条，表情姿态，甚至于手里牵着的狗，都像是从文艺复兴时期的油画上直接走下来。在那里，有一种极其稳定的秩序，潜在于时间的深处。

萨尔斯堡的太阳一落山，未等暮色升起，就萧条下来。游客散去，商店打烊。和所有的旅游地一样，一旦游客离去，就剩下一个空城。市面冷清，扇扇门闭得铁紧，窗户里也看不见灯亮。试着推门，不料推开了，店堂里大约三成客。歌台上无人，寂寂地立着音箱、话筒、谱架，时间正介于狂欢之夜的前夕，座上客多是老派人。一个身躯魁梧的汉子安静地享用他的晚餐，砧板样的餐盘上是一具巨大的猪腿，汉子耐心且文雅地用刀切割，一片一片送进嘴里。这就是莫扎特的街坊吗？他让我想起《约翰·克利斯朵夫》里的"于莱一家"——众人都以为《约翰·克利斯朵夫》是为贝多芬作传，尤其第一卷《黎明》，作者自己都承认来自贝多芬的传记材料，可他同时也声明，约翰·克利斯朵夫不是贝多芬，他是贝多芬式的"英雄"，而千真万确，萨尔斯堡就让我想起克利斯朵夫。父亲去世，家境更加窘迫，不得已从老房子搬出，迁到另一处，在我看来，就是从萨尔斯堡河的这一边搬到那一边，然后就邂逅了于莱一家。

这是一段凄凉的日子，克利斯朵夫搬到菜市街，住进于莱家的出租屋，方才知道这一回是真正地落魄了。家中虽然长年拮据，父亲嗜酒不止使得债台高筑，更使家人蒙受许多不堪的羞辱，然而，有世代相传的宫廷乐师身份，一家毕竟跻身于小城的上流社会。他们有着自己独立的住宅，面向莱茵河，视野开阔，紧邻的院落中就有参议官的遗孀，即弥娜母亲家的祖屋，算得上是高尚的区域，而于莱家，却是地道的小市民。菜市街，听名字就知道是什么样的地方，总是在平民聚集的旧城区，那里房屋挤簇，人车纷沓，景象要庸俗许多。于莱老先生是一名退休公务员，精气神被琐碎的事务损耗得差不多了，剩下的那一点又在失意和暮年的心境里消磨殆尽；女婿是爵府秘书处的职员，作者用一句歌德的名言形容，就是"郁闷而非希腊式的幻想病者"，说白了就是毫无浪漫气质可言的多愁善感；女儿阿玛利亚原本是健康活泼的，可在父亲和丈夫的消沉情绪影响下，也变成悲观主义者，她的抑郁是以焦虑为表现，不停地劳作，同时不停地抱怨，房子里充斥着她的脚步声和叫喊声；两个孩子，男孩莱沃那，女孩洛莎，在紧张的气氛里养成两种截然相反的性格，一个是格外静默，另一个则是加倍聒噪——说到"聒噪"两个字，便想起20世纪80年代，上海作协在金山召开一个中国当代文学国际研讨会，汪曾祺老注意到我的发言稿里用了一个词，"聒噪"，专门问我这个词的出处。我想了一时回答，《约翰·克利斯朵夫》里面描写于莱一家时用到。汪曾祺老一拍案：所以嘛，傅雷的译本啊，他是什么人？大学问家！我便知道用了有渊源的词，得到了前辈的激赏。就这样，于莱一家的聒噪打扰了克利斯朵夫，我想，不只是一个音乐家本能地对噪声排斥，更是因为这种喧嚷所透露出的软弱人性，生活在走下坡路，他们只得随风而去。

初读《约翰·克利斯朵夫》的时候，正值青春年少，读到此处，只觉气闷，尤其是刚经过《弥娜》一节之后，良辰美景一下子沉入黯淡的尘世，情何以堪。因此，对于莱一家更添厌憎之心。可是，随了年龄增长，阅读经验积累，这一节在不知不觉中呈现出趣味。有意思的是，即便是这样碌碌无为的人生，也有着些微的音乐生活。虽然，他们的认识全错，全与克利斯朵夫拧着，可是克利斯朵夫是专业人士，还是天才，而他们不过是普通的爱乐者，连爱乐也谈不上，不过是单纯的消遣而已。小说中写道，于莱老人诚挚地邀请克利斯朵夫弹奏钢琴，他一开头，老人便与女儿大声地交谈起来，谈的又都是一些庶务。只有几曲俗丽的老调才能让他们安静下来，可是反应又过于强烈了——"那时老人听了最初几个音就出神了，眼泪冒上来了，而这种感动，与其说是由于现在体会到的乐趣，还不如说是由于从前体会过的乐趣。"这有什么不好呢？一场音乐会里，返场的耳熟能详的小曲子最使观众疯狂，各人有各人汲取音乐的路径。然而，克利斯朵夫更加生气了，好像被亵渎了什么似的。于莱家的女婿对潮流略有了解，却也和他的岳丈一样排斥现代音乐。罪过就更大了，克利斯朵夫认定他坚持古典不是出于什么认识，也不是像他的岳丈单纯因为听不懂而不喜欢，而只是一种虚无主义，因为不得意所以就不认同自己的时代——"倘若莫扎特与贝多芬是和他同时代的，他一样会瞧不起，倘若瓦格纳与理查德·施特劳斯死在一百年前，他一样会赏识。"在罗曼·罗兰写作《约翰·克利斯朵夫》的20世纪开初的十年时间里，现代音乐正以瓦解调性拉开帷幕，宣告着一场革命发生，罗曼·罗兰不会预料到一百年后的今天，现代音乐走入怎样的困境，许多勇者先锋掉转车头，走向复古主义。倒不是说于莱翁婿有什么远见，而是像他们这些小市民，也许持有极朴素的审美观念，从官能出发，以顺耳不顺耳论。当然，才情所限，他们无法承当克利斯朵夫的知音，可是，谁才是他的知音呢？

克利斯朵夫对宫廷里的音乐早腻透了，为了生计，教中产阶级家庭的小姐弹琴，揭开了沙龙音乐的底细。幼年懵懂中按下琴键发出乐音，使他浮想联翩："它们有如田野里的钟声，飘飘荡荡，随着风吹过来又吹远去……"这种感性的愉悦在训练中被压抑，然后又在更复杂的乐音结构中升华，要求着更大的满足——德奥体系一上来就走出音乐的原始性，进入文明阶段。书中几乎没有涉及民间音乐，克利斯朵夫跟随萨皮纳去乡下参加她教子的洗礼，宾客多是乡下人，乘船走在归途，人们唱起歌来，唱的是什么？四部合唱。克利斯朵夫的舅舅，一个游走乡间的货郎，曾经唱过一支歌，从描写中推测像是一支民歌——"又慢，又简单，又天真，歌声用着严肃的、凄凉的、单调的步伐前进，从容不迫，间以长久的休止"，显然是单旋律，自由体，可是谁知道呢？说不定从哪一首赞美诗即兴演变，或者是哪一部歌剧里截取下的一个动机，因为歌唱者的情感和阅历变得接近原创。接下去，舅舅引导外甥聆听夜声，那不只是听觉，还是视觉与触觉融为一体而纳入——圆大明朗的月亮，晶莹的水面，浮动的雾气，蛙鸣，蛤蟆叫，蟋蟀野唱，夜莺呢喃，风吹枝条——又是风，看来文字对于声音真是无能为力，那是极其虚无的存在，任何修辞都太过托实，而且伤感主义，法国人大约就因为此而不怎么欣赏罗曼·罗兰。舅舅说："还用得着你唱吗？它们唱的不是比你所能做的更好吗？"舅舅说得全对，称得上真谛，可是要将这些自然的恩赐收揽起来，重现于世，还是需要经历枯燥乏味甚至如同数学样机械的人工步骤，这就是音乐。

　　知音就好像打碎的宝石，散落在四下里，不期然间闪烁一下，随即又熄灭。那一个走穴到小城的法国戏班子，排名末尾的女演员饰演奥菲利娅。她与莎士比亚的奥菲利娅浑身上下无一点相干之处，相反，她高大健壮、生气勃勃，她的声音富有音乐性："纯粹，温暖，醇厚，每个字都像一个美丽的和弦；而在音节四周，更有那种轻快的南方口音，活泼松动的节奏，好比一阵茴香草与野薄荷的香味在空中缭绕。一个南欧的奥菲利娅不是奇观吗？"她几乎要将克利斯朵夫唱哭了！次日，他便去拜访女演员。这法国人和德国的布尔乔亚女子赛西尔完全不同，她们都有才能，赛西尔是以诚恳劳动实现上帝恩赐的禀赋，带有天道酬勤的意思；法国人高丽纳则完全没意识到，也不珍惜自己拥有的才情，仿佛造物是出于偶然选择了她，她无须学习和用功，自然就判断得出什么是好的什么是不好的音乐。有一回，克利斯朵夫给了她一个和声生辣的小节，她不喜欢，理由是："我觉得它不自然。"克利斯朵夫自觉有义务将她的本能推进到理性的范畴，启发道："'怎么不自然？'他笑着说，'你想想它的意思罢。在这儿听起来难道会不真吗？'他指了指心窝。"高丽纳说："'也许对那儿是真的……可是这儿觉得不自然。'她扯了扯自己的耳朵。"这又在另一方面切中音乐的本质，就是感官性，关系到享乐主义的人生观念。假如说赛西尔是以物理性的认识进入音乐的核心，那么高丽纳就是从官能进入。曾在卢浮宫看见过一幅画，不记得作者是谁，显然也算不上特别著名的收藏，印象却很强烈。画面上是无数双纤手，从堆纱叠绉的袖笼里伸出，相互环绕间，绰约的是美人的细腰。旖旎到颓靡的格调，真可谓声色犬马，大约可与高丽纳作一比。这样快乐佻达的天性，尤其是对凡事紧张严肃的克利斯朵夫不可谓不是一剂心理药方，然而两人到底量级不同，一个轻，一个重，一个肤浅，一个深刻，幸而时间短，倘若持续久了，新鲜的乐趣过去之后，就会露出破绽。

当克利斯朵夫与宫廷绝交，出版的乐谱又大大亏本，只得在一所中学谋个音乐老师的教职糊口，百事不顺的处境里，得了一个粉丝的来信，奉承地将他与勃拉姆斯相提并论，又让他大大地生了气，他可是最讨厌勃拉姆斯了，但粉丝的名字和地址还是在不经意间留在了记忆里。这一日，他去拜见童年的偶像，著名作曲家哈斯莱，不得其踪，失望而归，又阻滞于归途中，正所谓人倒霉喝凉水都塞牙，不由得想起了那位老粉丝：大学教授兼音乐导师彼得·苏兹博士，于是投奔而去。

老苏兹为迎接克利斯朵夫组织了一个亲友团，成员有法官和牙医，都是爱乐人士，在苏兹的影响下，又都做了克利斯朵夫的粉丝。这场聚会甚至比萨皮纳教子的受洗仪式更具有质朴热烈的乡村情调：美食、美酒、弹琴、唱歌，畅快极了，唯一的遗憾是那位牙医出诊去了。这两位提到牙医时，令人神往地说道："嘿！要是他在这儿，他才会吃，会喝，会唱呢！"心情愉悦的克利斯朵夫便做了一个慷慨的决定：多留一天！牙医卜德班希米脱出场的一幕也带有乡村谐谑剧的效果，一切都是热闹得过了头，夸张到荒唐，却百分之百地诚挚。那卜德班希米脱的长相就是谐谑剧的人物：高大，肥胖，方脑袋，红头发，大眼睛，大鼻子，厚嘴唇，双下巴，短脖颈，爱说话，爱笑……就是这么个"又笨重又庸俗的"大块头，却绝无仅有地传达出克利斯朵夫的思想——"他从来没听见过一个人把他的歌唱得这样美的"。这也是一个造物主漫不经心拼凑起来的怪物，竟然把那么艰深的才能随随便便摁在了如此粗糙拙劣的器型里面。这又是一个浑然不自知的天才，一旦要自觉起来，刻意地追求某一种效果，情形立马变糟了。克利斯朵夫分明觉着自己的音乐在被作践，于是心情大坏。

怎样才能将碎片收拾起来，集为一体，打造成完整的崇高的样式，建立起克利斯朵夫与世界的通道，因而走出孤绝？克利斯朵夫离开德国，去往法国，将拯救的希望寄托于邻邦，那里会有什么命运等待他呢？音乐在巴黎几成泛滥之势，到处是演奏会、新作品、乐评人、乐评报刊、音乐团体、歌唱学校……用罗曼·罗兰的话，或者是傅雷先生的话说，就是"制造和弦的铺子"。汹涌澎湃之中，真正的音乐却少之又少。克利斯朵夫很快就厌倦了，他挣脱音乐的裹胁，"想去访问巴黎的文坛和社会了"，结果也是失望。文学界也差不多，一派繁荣中是病态的实质，至于社会，说起来就有点意思了。克利斯朵夫对巴黎的强烈印象，"就是女人在这国际化的社会上占着最高的、荒谬的、僭越的地位"。这个说法要是遇上女权主义，明摆着就是找骂，但他只是为了说明巴黎的颓靡，就像前边说过的卢浮宫里那幅不知名的画，女性往往不幸成为都会浮华的代表。鲁迅先生《南腔北调集》中，《上海的少女》那一篇，写到城市的势利眼，如何在其中讨生活，首先是"穿时髦衣服的比土气的便宜"，"然而更便宜的是时髦的女人"，于是，"惯在上海生活了的女性，早已……明白着这种光荣中所含的危险"。为什么独独是女性？我们同样不能简单地将鲁迅先生视作男权主义。现代城市的消费型经济很容易将女性作为对象，追根究底是产生于男性中心的模式，却将女性推至前台。出生于20世纪初的西蒙·波伏瓦正在成长，第二性的理论尚处于准备中，我们只能将罗曼·罗兰的女性观理解成一种修辞，那就是用以代指矫情与空虚。事实上，当他进入具体的描绘中，男性也同时登场了，他们甚至比女性更"女性"，轻浮造作有过之无不及。所以，我们更有理由认为，"女性"在此只是象征性的用语，当然，很不谨慎。然而，就是在这一个莺莺燕燕的世界里，生出为克利斯朵夫视为神圣的葛拉齐亚。人生向晚的时节，克利斯朵夫请求与她结为伴侣，葛拉齐亚的回答堪称爱情经典，她说："我们没有让友谊受到共同生活的考验，没有在日常生活中把最纯洁的东西亵渎了，不是更好吗？"由此可见，罗曼·罗兰其实对女性保持着圣洁崇高的观念。

话说回去，当克利斯朵夫从文学界和社交界败走麦城，空手归来，命运安排他邂逅了一个新朋友，奥里维。此时，奥里维所住地方和克利斯朵夫在德国的居处，菜市街于莱家的出租房相似，狭窄的小街，黑黢黢的门洞，肮脏的楼梯，墙壁上满是涂鸦，楼道里充斥孩子们的吵闹声，同样也是"墙壁每分钟都给街车震动得发抖"。手头略为宽裕的克利斯朵夫动员奥里维搬出来，两人合租公寓，于是，他们住进了一幢六层老房子的顶楼，作者这样描述这所老公寓："那是一个社会的缩影，一个规矩老实、不怕辛苦的小法兰西，可是在它各个不同的分子中间毫无联系。"我想，这大约就是作者对法兰西精神规划的空间轮廓，它既不在上层，也不在底层——底层的社会固然可映照天地不仁，激发起悲悯之心，可从另一方面来说，并不利于内心生活，它令人以受折磨的方式接近肉体感官。克利斯朵夫在寻找思想的知音，他需要有精神的余裕，而巴黎，正是以一个布尔乔亚的社会主体迎接他的知遇。因此，这一次搬家意味深长，虽然没有制造具体的情节，可是却促成他认识的嬗变，在英雄的历程上又推进一步。

　　好了，现在可以看看这幢楼里的居民们。小说中介绍，楼房的结构是每层两套公寓，一套三室户，一套两室户，没有仆人的房间，但底层和二楼是将两套打通，所以另当别论。这样的公寓楼，在巴黎随处可见。去过我的《长恨歌》法文版译者乐老师的家，就是两室户型的那一款，和上海租界时期的老公寓相仿，大多没有厅，窄小的过道直通房间，开间不大，但天花板很高，顶角有花饰。有趣的是电梯，挤在楼梯井中一线天，只能容两个人，或者一个人和一具箱子。墙壁和地板缝里，都是隔宿气，简直是有体温的。

有一日大清早，我在蒙马特，街上人迹寥寥，只见一个女孩子穿着单薄的Ｔ恤，手里握一根超市出售的长棍面包，神色惶惑地在一幢幢公寓楼前试探着推门。很显然，她刚到巴黎不久，临时出门买面包，找不到住处了。所有的楼房看上去面目相似，石砌的墙面，门楣上多有一帧浮雕，刻着使徒或者圣器，看多了也觉出恜气。就在这时候，不知哪一幢楼上的窗户里，直浇下来一盆水，紧接着响起孩子得意的笑声。每一个城市都有这样的坏孩子，无所禁忌，缺乏管教，惯会恶作剧。走过蒙马特的慢坡，远远看见一座天主教堂，门庭冷清，没有观光客，却停了一驾马车，车主走开了，马遗下一大堆粪便，热腾腾地冒气。走进去，见一位神父正与一位教民谈话，大约就是所谓的"告解"，另有一位黑人妇女安静地坐在一侧等候。过一时，又有一位神父来到，较那一位年轻，他向我走来，带着询问的表情，意思是有什么需要帮助吗，我回答只是看看教堂，神父转而迎向那位等候的妇女。两人面对面坐下，女人从椅子滑到地上，双手合在胸前，神父的手按在她的头顶，默了许久。这一幕令人感动，似乎是，即便在这样偏僻清贫的地方，游客都不来，上帝依然没有忘记照应他的子民。

我想，克利斯朵夫和奥里维合租的公寓要比蒙马特地区阶层略高一些。在他们所住的顶层六楼，另一户住的是一位神父，四十来岁年纪，被罗马教廷视作异端受到贬抑，且又不屑于抗辩，与邻里也不打交道，依作者的话，便是"他的傲气使他把自己活埋了"。五楼，与克利斯朵夫和奥里维同一侧的底下，是四口之家，丈夫是工程师，日子过得有点窘，出于自尊也保持着独来独往，但事实上原因还不止于此。年轻的夫妇曾经全身心投入持续七年之久的"德雷福斯事件"，和所有的革命一样，胜利之后接踵而至的是成功果实的分配和争夺，于是，他们陷于消沉。五楼的另一套住户是一名电气工人，出身低贱，经过教育和努力，终于过上了一种知识分子的生活，从此再不愿回到小市民中去，而中产阶级却无法摒除成见接纳他，他的尴尬处境也体现在他的邻里关系。他刻意地疏远周遭的人，却企图接近克利斯朵夫，以为音乐代表着上流社会，可却轮到克利斯朵夫躲着他了，因为"他更喜欢跟一个平民谈谈平民的事"。四楼的两家，一户是婆媳两代守寡人，另一户则有些神秘了——一位华德莱先生带着一个十来岁的小姑娘。华德莱先生据传是革命党，参加过1871年的暴动，被判处死刑，又不知怎么的逃脱了，经历过生死劫难之后，他大彻大悟，退身为无政府主义者，放弃暴力，投入温和的改良工作，这工作听起来无论是目标还是用途都相当渺茫："他要创造一种为普及音乐教育用的新的世界语。"那女孩与华德莱先生并无血缘关系，是一对工人夫妇的遗孤，这就有点接近中国现代京剧《红灯记》的剧情，国际共运的故事都有些相似之处。克利斯朵夫曾经试图联络小女孩和工程师的一双女儿结伴，但双方家长都不热心，宁愿让孩子们寂寞着。三楼的大房型公寓是房东自留的一套，可从来不住，空关着。小一套的租客是一对教师夫妇，年龄在四十或五十，过着清贫简朴的日子。其实他们是真正的爱乐者，知道克利斯朵夫的大名，但出于谦逊的性格，也因为对音乐抱有过于严肃的态度，所以敬而远之，从不敢生出半点前去结识的念头。二楼打通了的公寓，为一对有钱的犹太夫妇独占，但他们一年里有半年住在巴黎乡下，与邻居形同路人。六十岁左右的先生是考古学家，人极聪明，出身优裕，照理能够拥有丰富的精神生活，可性格害了他：刻薄，褊狭，与社会不相融。这性格也带累了他的太太，她本来有乐善好施的内心信仰，却也染上了傲慢病。一整个底层住的是退役军人和三十岁未嫁的女儿，相依为命度日……就这样，人们携着各自的历史，关着门户各自生活着，互不往来，互不了解，许多才情被压抑着，终至萎缩，许多思想内耗着，无法惠顾众生，可是——克利斯朵夫不得不承认——"可是大家都在那里工作：怀疑派的老学者，悲观的工程师，教士，无政府主义者，不管是骄傲的还是灰心的人，全都工作着。顶层上更有那泥水匠在唱歌。"这都是自食其力的人，不是吃俸禄佃租的贵族，也不是赤贫，这就是城市的主体社会——小市民。他们的能量涣散于封闭的个体中，就看克利斯朵夫的鼎力，能否将其收揽，积攒，凝聚，进化成更高级的文明。

萨尔斯堡蜿蜒的街道，两边是小小的店铺和公寓楼，莫扎特挟着琴跟了父亲去到山顶皇宫里演出，为自己和家人挣衣食，像极了约翰·克利斯朵夫的少年时期。但他身体孱弱，易感风寒时疫，靠那些疗效叵测的药材也解不了什么事，年纪轻轻便夭折。贝多芬的身体也不怎么样，都没有活到克利斯朵夫的身心和谐的日子，在生命的终点，他听见颂歌合唱："你将来会再生的。现在暂且休息罢！"也就是中国人所称作的"功德圆满"。他们都缺乏克利斯朵夫强悍甚至粗粝的体魄，就像那个一个人吃一大个蹄髈的萨尔斯堡大块头。看来，罗曼·罗兰塑造他的英雄，首要任务是增强体格，给他一副好身坯。谁的身坯最耐折磨？市民。不仅是身体手脚在劳动中有锻炼，更有繁杂的人世打磨神经。再说了，克利斯朵夫不是那类征战或者垦荒的模范，原始性的，而是音乐家，文明社会的英雄，他需要学习与训练的环境，就只能将他托生在市民的阶层中了。

维也纳斯蒂芬大教堂，流连在外墙根，墙上的圣徒雕像连绵不断，墓碑铭刻也连绵不断，有一位光头黑衣男子也在伫步仰望，他与我说，这里曾是莫扎特成婚的教堂，还藏有莫扎特的遗骸。我问他从哪里来，他回答了一个陌生的地名，就在附近，再要多问，他忽然害羞地退却了，说："我只是一个厨子。"一个厨子，这就是莫扎特的乡人。

三

前面说过，我们曾经满城寻觅演奏布鲁克纳弥撒曲的那一所教堂。不过几日前，看见一所教堂门上张贴告示，下一个周日上午将举行大弥撒，演奏的曲目是布鲁克纳的作品。当时的印象清晰而且肯定，也很自信记忆力，所以未做任何记录。临到那一日，一早就出门找教堂。周日商店多不营业，沿街的门窗紧闭，早春的天气一片清冷，石卵地上蒙着寒霜，脚步踏上，四下里都响着清脆的回音。几乎是在一刹那，广场中间，拱门底下，街巷里，突然冒出早起的人们，渐渐汇成三个一群、五个一伙，朝各自方向走去。可我们再找不到那个教堂，记忆中的那个门上不再是布鲁克纳的曲目，而且，维也纳的教堂远比想象的要多得多，转弯就是一个，过街就是一个，而所有的路人，都在往教堂走去。过后才知道，这一日是耶稣的一个大节日，每个教堂都举行大弥撒。大弥撒是带乐队合唱队加入的仪式，在旅游的潮流中，就演变成了音乐节目。当我们疑惑地徘徊着的时候，有一位游客招呼我们随他同往，去往的教堂已排起长队，却是维也纳男童合唱团，也是这一天大弥撒中最热门的，起早的人们多是来赶这一场，可我们还是要找布鲁克纳。而布鲁克纳就好像人间蒸发，再也不见踪迹。我相信我们至少已将维也纳的教堂搜索了一半以上，一个多小时里，不歇气地穿过一个又一个广场，叩访一个又一个教堂，都有大弥撒举行，可都没有布鲁克纳。也不知道是哪一根筋别住了，我们谁也不要，就要他！后来，隔年的2011年中国国际艺术节，柏林爱乐在北京上演音乐会，曲目正是布鲁克纳的交响乐，从电视上看见堂皇的音乐厅里，乐队演奏的场景。那时节的渴望已然平静下来，大师的身影回归进他的同时代人的名列，复又化为西方音乐史上的一个标记。也不是说它抽象，乐音总是具体的，现场亦总是有预期之外的戏剧性，而是背景，背景不同了。在维也纳，一座教堂里，面对着它的教众，即便其中掺杂有一半还多的游客，看西洋景似的，布鲁克纳也是回了家乡，就有一种原典主义的意味，将音乐单纯的本意辐射开去，穿越时间与空间，和我们这些异乡人，也是异教徒，萍水相逢。

终是没找到布鲁克纳，四顾茫然中，却听见哪里传来乐音，循声而去，推开一扇沉重的木门，高大的穹顶下，有女声回荡，安详而壮丽。声音来自后上方管风琴的位置，乐队与合唱队在排练，为 11 时的大弥撒做准备。席座间有数十人仰头聆听，听一会儿，离开去，又有新来的，交互错往中，渐渐聚起更多的人。有一位先生，中年肥胖的身形，摊开着乐谱，安营扎寨的样子，过去借他的谱子看，他抬起头，转过来，是一张天真灿烂的笑脸，就好像遇见了同道。他慷慨地让出谱子给我们，告诉说是舒伯特的弥撒曲。他的脚边放了一只拎包，因为陈旧，黑色的皮革已经磨损，又因为塞了太多的乐谱臃肿得走了形，看上去很像我们上个时代里上班养家的男人，手里拎着的包。他的衣着同样陈暗守旧，灰色的夹克棉袄，宽大的也是没形的裤腿。他一定是附近的居民，因为没有旅行的装备，也没有旅行者那种刺激紧张的猎奇表情，而是松弛和安心，又有些怠惰，流露出居家的气息。他胖墩墩地坐满在座椅间，从头至尾没有挪动地方，眼睛在一行行乐谱上流连，核对着乐队奏出的每一个音符，当演奏中断，眼睛就移回去，从头再来。时间在向 11 点接近，有神职人员来发放祈祷词和弥撒曲目录，顺便有一行文字，敬请每人交付八欧元的奉献。教堂里不断进来人，转眼间满了大半。也有起身离去的，那是一些穿着休闲、神态闲散的人，显然是本地人，趁早进来蹭听一会儿排练，然后及时抽身，给难得一来的观光客让出位置，给自己呢，也节省下一份"奉献"的开支。人潮如同灌水般涌入，只见神职人员不停地搬来折叠椅加座，走道上都站满人。后来知道，这是维也纳的又一个大教堂，圣奥古斯丁教堂，重要地位不下于斯蒂芬，而且，以舒伯特弥撒曲为演奏主题的又是一场最隆重的大弥撒。我们无意中撞了个正着，因为来得早，占了个好位置，回头看看，"舒伯特"——那位忠实的爱乐者长得真有点像舒伯特，"舒伯特"没动窝，还有一对来自美国的游客也是从排练一直坐到此刻，再是我边上的一个背包客，不知来自哪个国家和地区，他大约是刚到维也纳，不期然撞上一个大庆典，茫然无措的样子，老看着我们，我们做什么，他也做什么。我们这一丛人因来得早，彼此就有些相熟，生出情义似的。

一名着黑色长袍的教士来点蜡烛了，举着长长的引火杖，一盏一盏点燃蜡烛。在此同时，顶上的吊灯从前排往后排，顺序亮起，顿时大放光明。钟声响起。身在教堂内部，钟楼上的钟锤变得遥远，分不出是这一座还是那一座，无数铜钟敲击，钟声穿行，真是神圣辉煌！教堂里人头攒动，却鸦雀无声。钟声满城回荡，足足有一刻钟之久，然后静寂下来，仪式开始了。

乐队与合唱队在教堂后上方，于是，乐声就好像在天庭响起，尤其是女声，有一股说不尽的富丽堂皇，蕴含深厚的慈悲，引导情绪向上，再向上升起。神父以德语布道，听不懂说什么，但从动态表情，以及听众反应的活跃，可猜出言语风趣俏皮。这一谐谑的段落过去，又是庄严的乐声，令人肃然起敬。高耸的穹顶几乎像是直入云天，彩色玻璃闪烁着神秘的瑰丽，乐音沿着石壁攀缘，于壁饰、圣像、浮雕之间回旋环绕。

我们曾经在巴黎圣母院参加过一次弥撒，有点经验，当进入互相握手的桥段，便主动与前后左右的邻人们握手。一直从排练听过来的人们自然不消说了，大家热切又开心地摇着手，另一些较为陌生的听众，则惊异这两个亚洲人竟也懂得规矩，反应更为强烈。坐在后排离开老远的一位老妇人，她一定是当地人，可能就住在本街区，这样的年龄独自一人外出，至多只能去到家门口的教堂里了，她从那么远处，努力欠过身子，执意要与我们握上一握。为让她达成愿望，半排座位的人都让道与她，我们也极力抻长身子，两下里终于牵上了手。大弥撒在乐声中结束，人们鱼贯走出教堂，捧举奉献箱的人员早候在各个出口。我们向"舒伯特"告别，再次问他索查乐谱，他慷慨地倾囊而出，供我们一一翻检。他显然很激动，不停地说道今天的乐队很棒，合唱队很棒，指挥很棒，演奏棒极了！离开"舒伯特"，离开相伴三小时之久的邻人，年轻的背包客的眼睛一直跟随我们，大有不舍之意，在他的旅途中，我们很可能是相守最久的伴侣了。走出圣奥古斯丁教堂，阴雨连日的维也纳竟放晴了，阳光洒下，气温也上升，真是春暖时节。每个教堂都涌出人潮，汇集起来，再分流出去。鸽子飞起来，又降下来。观光马车拉到了客，马蹄在石卵地上嘚嘚地响。

我曾经请教一位德国文化领事，为什么西方人格外地重视诗歌？是不是因为戏剧来源于诗歌？他沉吟一时回答道：完整的顺序应该是这样的，戏剧来源于诗歌，诗歌来源于音乐，对诗歌的重视可能更基于对音乐的敬意。这么说来，音乐是起源性的，那么音乐又生自于哪里呢？我还听一位生长于巴伐利亚的朋友说过，他的艺术教育，包括音乐、美术、文学，都来自教堂。果然不假，人们都知道，英国"达人秀"中脱颖而出的苏珊大妈，就是她所在那个小镇教堂里唱诗班的成员。

还是回到约翰·克利斯朵夫，我们有必要检验一下他的宗教生活。当然，如克利斯朵夫这样被派作天才的人物，他是可从万物万事中听取乐音。小时候，随了祖父乘坐在马车上，朦胧中——"马铃舞动：叮、当、咚、叮。音乐在空中缭绕，老在银铃四周打转，像一群蜜蜂似的；它按着车轮的节拍，很轻快地在那里飘荡；其中藏着无数的歌曲，一支又一支的总是唱不完。"这是天才的禀赋，但禀赋是需要物化才能够实现于人世的，像孩子的祖父，禀赋始终不能成形于可视可听的存在，是因为天分不够强大，也因为本身器质孱弱，不足以将内在造化为人工，简单说，就是缺乏表现力。而克利斯朵夫则一定要完成使命，作者必须为他提供条件，按部就班，接近目标。极小的时候，祖父带他进教堂——德奥地方，遍地都是大小教堂，它是每个村庄社区的政治经济伦理的中心。克利斯朵夫在教堂里，接触到了管风琴，这可是一件人类文明的产物，是将天籁转变成人手可以操作的一架机器，它将灵魂在天地间的感悟模仿成可辨析的声音。作者这么描写道："忽然有阵瀑布似的声音：管风琴响了。一个寒噤沿着他的脊梁直流下去。"后来的钢琴也是，那一个一个琴键发出的音响，其实是将田野树林的美妙动静收揽起来，再整合成乐音，又在天才儿童的听觉里，还原成自然。接着，他接触到歌曲、歌剧、交响乐，音乐的物质部分越来越铺陈开来，也将对自然的收揽与回放处理得越来越复杂和困难。这一切的起头，就是教堂里的管风琴。

音乐的器物性不断扩张着数量和质量的同时，宗教也在克利斯朵夫身心里繁衍着意义，好比一棵大树，越生长越发出枝杈，歧义派生，旧的歧义上又派生新的歧义。首先，关于创造。头一回看歌剧，听祖父说到作曲家，小克利斯朵夫不由骇然："怎么！这是人造出来的？"称得上石破天惊。可是，接着，舅舅，那个行贩高脱弗烈特却否定了人的创造力，认为一切都是"一向有的"。然而，世事难以抗拒，题名为"童年遣兴"的独创音乐会开幕了，一个音乐家的职业生涯就此起步，要度过许多日子，克利斯朵夫方才从歧义中走近那个千条江河入大海的归宗之地——其实，他毕生所在做的就是要创造出舅舅所说的那个"一向有的"存在，就像因纽特人对雕刻的理解，将本来没有的去掉。究竟是上帝创造世界还是人创造世界？这个问题终于和谐为一体，是上帝选择了他最忠诚的子民的手，开辟了"一向有的"万物的源泉。

那么，人们如何被上帝选择呢？被选择的命运又是怎样的？菜市街于莱一家的聒噪中，唯有一个静谧，就是那个准备进教会的男孩子莱沃那。克利斯朵夫和莱沃那在圣马丁寺的回廊底下，进行了关于宗教的对话。克利斯朵夫期望莱沃那能帮助他从信仰中汲取生活的力量，可是莱沃那对人生毫无兴趣，认为那只是短暂的滞留，从无穷无尽的时间里错误攫取的一段。这可是重重打击了克利斯朵夫 —— 其时，他真的有点像中国的贾宝玉，凭临虚无境界。区别在于，贾宝玉所在的大观园是天上人间，而克利斯朵夫，却是在硬扎扎的人世，遭际命运都是残酷艰难，连自己的身体也助纣为虐，一并来折磨他：饥饿、劳顿、欲念 —— 这是困他一生的桎梏，也因此，对生命的渴求也就变得更加强烈，甚至野蛮，全然没有贾宝玉的优雅，情欲也止在意淫之间。可无论前者后者，一律完成使命才可谢世，退回莱沃那所谓的无穷无尽的时间，也就是《红楼梦》里的"大荒山无稽崖青埂峰"。这必定的使命在克利斯朵夫可视作罗曼·罗兰在篇首题词中写的，"献给各国的受苦、奋斗，而必战胜的自由灵魂"，那"受苦、奋斗，而必战胜"

的经历体验，在贾宝玉则是一个字，"劫"。总之一句话，不熬过就参不透。有一则中国寓言，说的是一个吃饼的人，一连吃到第三张饼方才饱了，他猛醒道：倘若上来就吃第三张饼不就早不饿了？这实在是觉悟中的迷途，莱沃那就是那个吃饼的人，宗教似乎是为他们的遁世建立的避难所，其实不是。陀思妥耶夫斯基的《卡拉马佐夫兄弟》中，长老目睹卡拉马佐夫一家乱糟糟的丑剧之后，就要逐他们家的小儿子阿辽沙出修道院，长老说："这里暂时不是你的地方，我祝福你到尘世去修伟大的功行。你还要走很长的历程。你还应该娶妻，应该的。在回到这里来以前，你应该经历一切。"同样，克利斯朵夫必须经历命该经历的一切，不躲滑，不偷懒，不取捷径，尽职尽能地步到终点。

这就来到宗教最重要也是最后的命题 —— 死亡。克利斯朵夫第一次接触死亡的概念，是在衣橱里翻出几件陌生的孩子的衣物，方才知道曾经有一个小哥哥，在他出生之前死了。这使他十分震惊，一个人竟然能够消失得无影无踪，不是吗？生活照常进行，该吃的时候吃，该睡的时候睡，有说有笑，没有一丝缝隙，是为那个生存过的人留着的。似乎是为加强印象，不几日，街坊家里，一个玩伴弗理兹得伤寒死了。如此贴近的死亡更加显得可怕，这说明，死亡无所不在，不定哪一天就会落到自己头上。上帝关于"天国"的描绘也安慰不了他，因克利斯朵夫是这么一个现世的人，他要求实际的证明，任何理论的诠释都说服不了他。小说写道："这些关于死亡的悲痛，使他在童年时代受到许多磨难，—— 直到后来他厌恶人生的时候才摆脱掉。"

我想，克利斯朵夫"厌恶人生"是不是意味着一种裂变，精神和身体趋向分道扬镳，在最后的弥留的时刻，他好像分成两个自己，一个看着另一个 —— 一个肉体，"又病又猥琐的肉体" —— "好罢，它把我关也关不多久了。"他的一生都是被这个肉体拖累，欲念总是最大的敌人，这欲念不单是指性，还是指热情与创造力，每当这些能量达到某一个饱和度，井喷般冲出地表，携带着毁灭性的危险，疾病就来临了。克利斯朵夫要么不病，病就是大病，疾病使亢奋的精神颓败下来，同时也是松缓紧张，让身体暂时得到休憩，迎接再一轮的勃起。而当疾病都救不了他的时候，他便动手自己解决自己，那就是在与阿娜发生不伦之恋的时候，当然，是与阿娜联手。阿娜是他所有女朋友中与他能量最接近的一个，也是他最后一个肉体的女朋友。他们两人一样的疯，又一样的宗教狂，触犯上帝的戒律，就有同样的自毁倾向。那一幕写得惊心动魄，终于没有死成，却也如同行尸走肉。克利斯朵夫逃离阿娜家，一个人关闭在北欧的小村子里，这一回，疾病并没有应约来到，似乎是身体已经丧失调节的功能，从一张一弛的节律上脱轨，抑或是终于脱胎换骨。肉体离他渐行渐远，等到下一次疾病降临，就已是最后的时刻，就是"它把我关也关不多久了"。

极富意味的是，面对这最重大也是最本质的命题时候，克利斯朵夫并没有像之前的两难境地那样，走过一个二次否定的过程，螺旋式地上升到原点，让对立面两相合一，在西方哲学是辩证逻辑，东方哲学则是一元世界。具体地说，克利斯朵夫并没有与死亡和解，而是寻找到另一条出路，那就是音乐。他的垂死的耳畔，响着汹涌起伏的乐声，他的意识急促地跳跃着行走在刀锋上，他一忽儿想道："让我的作品永生而我自己消灭罢！"相信留存了自己"最真实，唯一真实的部分"；再一忽儿想到音乐的虚无，附在时间上流逝，一去不回，"我们的音乐只是幻象"；可是乱梦过去，乐队又奏起颂歌，世界又复活了，恰似小时候的经验，一个孩子死了，生活照常进行，乐队照常进行，他努力追赶着："别这么快，等等我呀……"克利斯朵夫将死亡的救赎交给音乐，这意味着他其实承认了莱沃那的无穷无尽的时间的观念。音乐确实具有与时间同样的物理性，瞬息即逝，但是它毕竟充实了时间的空洞，就是迷乱中所出现的那个物名：堤坝——"人的理智必须有那个堤做保障"。音乐使无意味的时间有了意味，莱沃那是那吃饼的人的第三张饼，克利斯朵夫则是勤勤恳恳从第一张吃到第三张。然而，作为一个哲学命题，他还是不能够形而上地解决，他必须赋予存在以物质的形式，这个形式就是音乐。克利斯朵夫，或者说罗曼·罗兰是相信人力的，天地自然非经过人力而不可显现，例如教堂里的管风琴，就像一种化学试剂，使得无形转为有形。这就是英雄的来源，理想主义的来源，我猜测法国人不怎么看好克利斯朵夫说不定原因在此。

法国人是信命的，克利斯朵夫和奥里维在他们合租的公寓里，足不出户八日八夜讨论法国精神——奥里维是隐匿在整个公寓的小市民里的精英知识分子，他具有一种"安安静静的宿命观"，他为法国人慵懒颓靡的性格辩护道："对于这样一个民族，你不能绝望。它有那么一种潜在的德性，那么一股光明与理想主义的力，便是那些蚕食它破坏它的人也受到影响。"事实上，这也是身为法国人的罗曼·罗兰对自己民族的期许，然而法国人似乎并没有领情。对精神价值至上的法兰西民族来说，罗曼·罗兰无疑是太崇尚行动与实践了，在他的世界里，没有未知的力量，即便是上帝，他也相信是由被选择的人事人物分担了神职。看起来极像是那么回事：他企图以音乐来实现宗教，然后再以小说来实现音乐。这两者都透露出野心，一种将世界物化的野心。他要将存在的虚无全截流住，如同筑一道"堤坝"。

我们很少有人能如傅雷先生那样谙熟法兰西文字，我们只能隔着傅雷先生的中国文字阅读罗曼·罗兰。那是极富修辞性的中国文字，是中国一代知识分子在西方启蒙运动及浪漫主义潮流影响下所形成的语言，从中国精练雅致的贵族美学中走出一个新天地。张可先生翻译的法国泰纳（1828—1893）的《莎士比亚论》，选引莎士比亚数首十四行诗之后，这样写道："这种热情洋溢的矫饰描绘，趣味横生的刻意雕琢，真可与海涅以及但丁同时代人媲美，它们表示绵绵不断的欢乐梦想集中在一个目标上面。"他又说，"他们有声有色地表现自己的思想，运用丰富的比喻；他们纵使在谈话的时候也充满了想象和独创的风格，措辞亲切大胆，有时滔滔不绝，但又往往不遵规矩法度，因为他们只是按照突发的感兴侃侃而谈。"如果没有这些学贯中西的前辈创造出的新文体，我们如何能见识那一个恣意汪洋的文字世界！这些连绵起伏的状语和形容词，漫长的句式，环环相扣的比喻，将感情大大激发张扬。你可以说是滥情，可有时候真的需要滥情，将压抑着的身心做一个解放。在这解放中，许多不自觉的思想与情绪变为自觉，继而繁衍滋生，由外在到内在，丰富了精神。

傅雷先生翻译的《约翰·克利斯朵夫》，或许就是在这里，唱合了文学青年的心。先生几乎将世界万物都交付于文字，多少不可表达的表达了，多少潜在的浮出水面，多少无语的有了语汇。爱、恨、死、生，在中国人的意境中，或尽在不言中，或王顾左右而言他，在此全被最直接最热情的表述覆盖，一层不够，再加一层，二层不够，又上第三层，叠叠加加，繁繁密密，山重水复，水复山重，你可以说是堆砌！人到中年以后，安静下来，会倾向于平白如话，可是，假如青春时候没有阅历过这锦绣文章，就好像没有体验过爱情一样。年轻是必要癫狂的。中国20世纪上半叶的译文体，就是癫狂的文体，它培养了现代文学写作，更重要的是，它养育了我们的浪漫主义精神。

话再回到音乐。音乐这东西，倘若脱去文字的修辞 —— 这些修辞可说是为乐评的传统建立了基础 —— 它可能显现出两种极端相反的特质，一端是极度的物理性，我曾经听上海作曲家金复载先生讲解音乐，他说音乐的所有成分都可用"数"的概念解释。在物理性的另一端，则是极度的抽象，它所予以表达的内容，其实相当暧昧，无从界定，最终还是归于感官。在这两极之间，是否存在有略微折中的形态？

《约翰·克利斯朵夫》里有一个人物总是感动我，那就是孩子的祖父约翰·米希尔，一名退休的大公爵的乐队指挥。当年轻的大音乐家哈斯莱光临小城举行个人音乐会，约翰·米希尔被邀复出，屈尊担任合唱队的指挥，因为乐队要由哈斯莱亲自指挥。小克利斯朵夫"童年遣兴"音乐会大获成功，被皇亲贵族团团包围 —— "他瞥见祖父又高兴又不好意思地，站在走廊里包厢进口的地方；他很想进来说几句话，可是不敢，因为人家没招呼他，只能远远地看着孙儿的光荣，暗中得意。"

这个老人，一辈子和闪烁不定的灵感周旋，没有能够攫住它，只能将孙儿的胡乱哼哼记录下来，编辑成乐曲。这个细节可视作象征，象征着音乐从玄思到实有的过程，一个物化的过程。

约翰父子，克利斯朵夫的父亲曼希沃和祖父米希尔，每周和邻居共同举行三次室内音乐会。曼希沃担任第一提琴手，米希尔操大提琴，再有一个银行职员，一个老钟表匠，隔三岔五地又加入一个药剂师。听众都是附近的街坊。演奏者以对待机器的态度对待手中的乐器，严谨而刻板地一曲一曲演奏，听的人呢？喝着啤酒，并不过量；抽烟，空气因此变得浑浊，但并不妨碍他们的专注，按着拍子摇头顿足。作者写道："他们对于音乐，容易学会，容易满足；而这种不高不低的成就，在这个号称世界上最富音乐天才的民族中间是很普遍的。"

老祖父就代表了这个普遍的人群，他体现了音乐里最实际可操作却也绝不可少的性质，那就是劳动。

尾声

看见过调音师做活吗？无限的耐心与专注，对比着琴键和音叉间的振动频率。频率，在这里就是频率，完全没有克利斯朵夫头一回从琴键上听见的 —— 田野上的钟声，随风远近，羽虫飞舞，喃喃细语……

在巴黎圣叙尔皮斯教堂听管风琴音乐会，如今，全球性的旅游业发展趋势之下，无论教堂音乐会，还是大弥撒，都成为观光活动的一部分，真正的教区居民，有也有，却有限。不再是克利斯朵夫的时代，约翰父子的音乐会上，来的都是邻居街坊。管风琴装置在教堂的后壁上方，为便于观看，在祭坛前设一幅投影荧屏，只看见，演奏者忙个不停，将音栓一会儿塞上，一会儿拔下，乐音就在这紧张的操作下响起来，连贯成曲调。演奏持续有一个半小时，有古典作品，也有演奏者自创的曲子。结束之后，人们走出圣叙尔皮斯教堂，绕过广场上著名的四主教雕像喷泉，分散在辐射于周边的各条街道。有几位和我们同路，络绎走在蜿蜒的长巷，两边的门窗大多暗着，有几扇亮灯的玻璃门，是旅馆，有人推进去，不见了身影。然后，我们也走进我们的旅馆。这样徒步走到本街区的教堂，听一场音乐会，使音乐变得很日常。

约翰·克利斯朵夫穷其一生，就是和平庸做斗争，试图将自己从俗世中拯救出来。他曾经两次邂逅高贵的精神，都是以爱情为代表，一是安多纳德，一是葛拉齐亚。安多纳德几乎是灵光一现，稍纵即逝，她实在是太精致，因此太脆弱了。这一个真正的贵族，可惜生逢这一阶层的末世，就像断了翅膀的天使，落到巴黎的市井，经不起那股子粗野的生气的摧残，早早夭折，天人两隔。留下她的同胞兄弟奥里维给克利斯朵夫做朋友，也是同样的美丽纤细。他在红尘中流连得稍久一些，来得及恋爱婚姻，于是就有了一个儿子乔治。葛拉齐亚，出身意大利的古老家族，意大利人天生比较强壮，也比较守旧，在缓慢的社会进程中，保持了家业。那地方至今还有许多老贵族呢！幼年时候，葛拉齐亚的形象就像是拉斐尔画笔下的小圣母，多年以后，再次相逢，则成了一个"俊美的罗马女子了"。事实上，她就像是克利斯朵夫的圣母，看着他受苦受罪，直至尘埃落定，回复平静——"现在你已经越过了火线"。而他和她，永远是两股道上跑的车，永远不会交错，一个是圣母，另一个呢？是"亲爱的疯子"。好比《巴黎圣母院》里的艾丝米拉达和卡西摩多。克利斯朵夫注定在俗世间，与俗物打交道，他期望音乐能带他从芸芸众生中脱拔而出，可是连音乐自己的高尚性都受到质疑。颇有意味的是，最后，奥里维的儿子乔治与葛拉齐亚的女儿奥洛拉好上了，这两个孩子都要比他们父母逊色一些，奥洛拉略有些瘸，心思也欠细腻，依作者的说法："她很快活，爱享受，精神非常饱满。没有书卷气，也很少感伤情调。"乔治是真正属于他那一代，用现在的话说，很"潮"的年轻人："轻浮，快活，最恨扫兴的人，一味喜欢作乐，喜欢剧烈的游戏，极容易受当时那一套花言巧语的骗，因为筋骨强壮、思想懒惰而偏向于法兰西行动派的暴力主义，同时又是国家主义者，又是保王党，又是帝国主义者……"总之，乱七八糟一锅粥。他们使我想到《呼啸山庄》里，希克厉所用于报复的一对小儿女，卡瑟琳和哈里顿，他强行将他们"混搭"一处，培育毒怨仇恨。但是，他们并没有如其所愿再次上演互相残害的惨剧，而是真的爱上了彼此。也和这一对一样，一个二十，一个十八。爱情选择了年轻的，也许是肤浅的，却有生机的种子，灌注它的力量。

如今，作为一个旅行者在欧洲游荡，一方面，觉得所有的情景似曾相识，和文艺复兴时期的油画、西方小说和电影里的描写全无二致；另一方面，又时常会诧异，自己忽然在了什么地方啊！我的在场本身就表明了一种变化，那就是现代旅游业正改变着这地方的某些性质，生活中的经典元素在进一步地世俗化。

在旅游旺季的罗马，歌剧院在卡拉卡拉大浴场举行演出，八九点钟的时间，还亮着天光，人们聚在入口处，一边拍照，一边等候进场，外国人和外省人占了一半以上，本地人总是穿着光鲜隆重。有一家人极像是来自乡下，无论老小，身体都敦实健壮，饱满的脸颊红扑扑的。放人的时间一到，他们便打开随身携带的旅行袋，掏出西装一一穿上。那小男孩的一套明显大了许多，就像是借来的，但更可能是有意做大，可以多穿几年。西装很新，也是难得穿的缘故，硬邦邦的，有棱有角，裤腿堆在鞋面。虽然不合身，却是完整的全套，也有衬领，扎着一个蝴蝶结。经过检票口，徐徐进入，暮色渐浓，中世纪大浴场的残垣断壁退到天幕前，空茫遥远。两具大烟囱间的舞台变得很小，背景上张起巨大的荧屏 —— 又是荧屏。人们都在互相拍照，说话声散得很开，天空无边无际，几可望见地平线。一对盛装的夫妇由领票员带上梯级，先生和夫人都有着硕大的身躯，表情威严。我们小声说：黑手党的老大来了！"黑手党"

夫妇就停在我们这一排，然后，面对面地挪进座位，夫人鹰隼般犀利的眼睛从坐定的人们脸上一一扫过，好像在审查她的邻座是什么东西。场子里坐满了，照相机的闪光此起彼落，萤火虫似的。天彻底黑下，转而成一种蟹绿深蓝，星星出来了，嵌在穹顶，四周的残垣反逼近过来，成为一道剪影。这一幅场景确实挺壮观，而且具有历史的意蕴。乐队谱架上的灯亮起来，指挥走上来，音乐会开场了。

在这样无遮无拦的露天场地，交响乐队是拿它无可奈何的，音响上人们一定动足脑筋，可效果还是不怎么样。乐音一旦出来，即刻在空廓中稀释，变成单薄的一片。与演奏同时，荧屏上出现映像，画面紧扣曲目的标题——《罗马狂欢节》《罗马的喷泉》《罗马的松树》，为听众做视觉的阐述，好比 MTV。巨大荧幕之下的乐手们更成了豆样的小人儿，奋力拉奏手中的乐器，乐声细弱地进行。可有什么要紧呢？此时此刻不单是要听什么，视觉、感觉、嗅觉——天空里有着露水和青草的气息，还有冥想。你就想象吧，多少时间在这里流淌，音乐只是装饰在时间上的附丽，从废墟上漫过去。音乐会结束，回到市区，已是午夜，可冰激凌店还开张着，游人还在街上穿行，凑着路灯在地图上检索，手指头上挂着数码照相机。罗马的夏夜，就是一个永不止息的大欢场。

罗马另一回音乐生活的经验，也别有意趣。走在闹市区，忽然斜穿过来一位武士装束的年轻姑娘，递上一份歌剧的广告。这才发现，临街面的咖啡店，其实是一所剧院，咖啡座只是一个小小的前厅。演出的剧目是著名的《茶花女》，剧团和演员却是不知名的。一是想丰富度假的内容，二也是对那座剧院好奇，再则票价也合理，比前一日的"卡拉卡拉"便宜一半还多。座位只分二等，显见得是个小剧场，于是买了次等票。演出前半小时来到剧场，门前已经排起入场的队伍。凡剧场演出，不论大小高低，一律是郑重的，用北京话说，就是"事事的"，上海话则为"像煞有介事"。人们很规矩地沿马路站成一列，等待放人。终于，门开了，却不能全进，而是由一位西装革履满脸堆笑的先生来领。五六人一放，五六人一放，经他检查了票，然后指点是堂座还是楼上包厢。堂座前排为头等，后座及包厢为二等，不对号，自由选择。略加对比，上了二楼。这座剧院，说实话破旧得可以，壁上的花饰全凋敝了，油漆也剥落了，包厢的栏杆边缘，天鹅绒垫布掉落下来，还吸饱灰尘，地板上染着不明所以的污迹，气味也很不好闻。但就这么小而旧，却五脏俱全，该是剧院有的，一样不缺：堂座，楼座，前厅，过廊，酒吧，乐池——极窄的一条，舞台上凡有名有姓的角色也都挤下了。

乐队很简约，但各声部齐全；演员呢，不能做大幅调度，就如清唱剧似的站在原地，稍作表情。这一支小型的演出团体，就和浙江县级的越剧小百花差不多，四处走穴。它还令我想起约翰·克利斯朵夫家乡小镇曾经来过的那个法国戏班子，女主角也像那个饰演奥菲利娅的女演员高丽纳，长相十分甜美，养眼得很，声音也甜美，而且皮实，三个半小时下来，一无倦意。阿蒙则长得极似下一日我们吃烤鱼那饭店里的伙计，高大剽悍，上半场声音有些喑哑，到了下半场放开了，竟然变得辉煌。中场时候，乐手们走出乐池，与观众一并坐在墙脚的长椅上歇息。香槟照样打开了，至少有一半观众着正装，态度庄严地踱来踱去。相邻的包厢里两位老夫人，假发，浓妆，低胸的晚装，金银玉翠琳琅满目，脸上却始终挂着生气的表情，中途就消失不见了。总觉得她们是愤愤离去，因为不满意剧场的破烂，不满意演出的简陋，还不满意如我们这样的旅行者，穿得乱七八糟就进了剧院。这剧场再配不上她们了，而她们，真有些像狄更斯小说里那个蜘蛛网下的老新娘。演出结束，演员在化妆间卸妆更衣，乐手们收拾收拾乐器出了剧场，那一个长笛手正与我们同路，在我们前面十数步远，看他穿过熙攘的人流和车流，大步流星，回他的家去。罗马的旅游潮简直了不得，夜夜笙歌。

就在写作这篇文章的时候，又增添了新阅历。在布达佩斯，安多西拉大街，有些纽约百老汇的意思，大小剧院三步一停、五步一座。那晚，本是奔国家歌剧院的瓦格纳《唐豪瑟》去，不知是我们记错，还是临时变动，剧目竟为《费加罗的婚礼》，因为刚在布拉格看过，便转而走入下一家剧院。这里两天前曾经上演音乐剧《西贡小姐》，这晚则是一出陌生的轻歌剧，英文名叫《吉卜赛公主》，决定试一回。这一家剧院与国家歌剧院不同，即便是在冬日的旅游淡季，国家歌剧院还接待游客观光，观众也有相当一部分是旅游者。这家显然本土化得多，更接近上海的"共舞台""美琪大戏院"一类，满座之间，唯有我们两张亚洲面孔，招来众多好奇的目光。

下午4时许去买票，尚有三分之一余票，到了6点半入场，已经全满。门厅里设有面包摊和饮料摊，供作简单的晚餐。人们衣着整齐，气氛照例是隆重的。我们的座位是在最左侧的两个，看见两位女士正与领票员争执，听不懂说什么，但猜得出大概，领票员的意思是她们的座位应当从右侧进，而那位年轻的不时指一指年长的，表示她已经上了岁数，倘若走右侧还需绕一个大圈子，因没有中间走道，观众都必须从两头入座。争执过程中，那老妇人局促不安地站在一边，捏捏衣角，抻抻袖口，衣服虽简朴，却是整洁的，还留有折叠的印痕。她看上去很像来自外省的某位亲戚，比如从宁波来上海做客，于是带她去看戏。最后，她们终于没有服从领票员的意志，而是从这头挤到了那头。

《吉卜赛公主》在我们闻所未闻，却为布达佩斯人熟悉，后来回家查找，才知道是一出名剧，为匈牙利作曲家卡尔曼（1882—1953）所作，甚至，与我们还有些渊源。据记载，1939年和1940年，上海俄侨组建的俄国轻歌剧团将此剧献演于兰心大戏院；1943年11月13日，上海虹口提篮桥地区避难的犹太艺术家，又在东海大戏院演出。

剧场里的气氛蒸腾极了，许多对白引起会心的大笑，甚至话未出口，已经笑在前头了。那些节奏明快的段落，观众似乎老早等着的，一来到便全场随了拍子鼓掌，于是演员很"人来疯"地再来一遍。要是让克利斯朵夫看见这一幕，他又要气死。可这就是音乐生活里的大众，思想的重任就由少数天才扛着吧，就像耶稣扛起了十字架。

《吉卜赛公主》散场了，同时有好几个剧场也到剧终，几股人流汇集起来，又分流出去。我们走在旅馆所在的长街上，夜深人静，只听身后有急促的脚步声，于是停下来，靠边等待，让后边的人先过去。那人道了谢，走到前面。我们的速度也不慢，紧随其后，竟然看见他也走进和我们同一所旅馆。等我们走进去，他的电梯门还未来得及关上，于是，我们就乘了同一架电梯上楼。又一回惊讶地发现，我们与他住同一层，而且门对着门。双方都有些错愕，有些喜悦，晓得都是看戏归来，看的说不定就是同一出，互道了晚安，各自回房。次日早晨起来，看他的房门大开，进出着打扫的清洁女工，已经人去楼空。

2012 年 3 月 18 日　上海

与本文有关的书目：

1. 《约翰·克利斯朵夫》，[法]罗曼·罗兰著，傅雷译，人民文学出版社，1980年。

2. 《卡拉马佐夫兄弟》，[俄]陀思妥耶夫斯基著，耿济之译，人民文学出版社，1981年。

3. 《读莎士比亚》，歌德等著，王元化、张可译，上海书店出版社，2008年。

文
景

Horizon

社科新知 文艺新潮

剑桥的星空

王安忆 著

出 品 人：姚映然
责任编辑：杨 沁
营销编辑：杨 朗
装帧设计：汐 和
美术编辑：安克晨

出 品：北京世纪文景文化传播有限责任公司
（北京朝阳区东土城路8号林达大厦A座4A 100013）
出版发行：上海人民出版社
印 刷：山东临沂新华印刷物流集团有限责任公司
制 版：北京楠竹文化发展有限公司

开 本：850mm×1168mm 1/32
印 张：8 字 数：121，000 插页：2
2024年1月第1版 2024年12月第2次印刷
定 价：65.00元
ISBN：978-7-208-18517-3/I·2109

图书在版编目（CIP）数据

剑桥的星空／王安忆著. -- 上海：上海人民出版
社，2023
ISBN 978-7-208-18517-3

I.①剑… II.①王… III.①随笔-作品集-中国-
当代 IV.①I267.1

中国国家版本馆CIP数据核字（2023）第166050号

王安忆在文景

《小说六讲》
《剑桥的星空》

新浪微博：@世纪文景　豆瓣小站：世纪文景
Email: info@wenjingbook.cn

社科新知　文艺新潮

书店联络：010-52831925
媒体联络：010-52187586